D1748877

Tucholsky Wagner Zola Scott Sydow Freud Schlegel
Turgenev Wallace Fonatne
Twain Walther von der Vogelweide Fouqué Friedrich II. von Preußen
Weber Freiligrath Frey
Fechner Weiße Rose von Fallersleben Kant Ernst Frommel
Fichte Hölderlin Richthofen
Engels Fielding Eichendorff Tacitus Dumas
Fehrs Faber Flaubert
Maximilian I. von Habsburg Fock Eliasberg Zweig Ebner Eschenbach
Feuerbach Ewald Eliot
Goethe London Vergil
Mendelssohn Balzac Shakespeare Elisabeth von Österreich
Trackl Lichtenberg Rathenau Dostojewski Ganghofer
Stevenson Hambruch Doyle Gjellerup
Mommsen Tolstoi Lenz Droste-Hülshoff
Thoma von Arnim Hanrieder
Dach Verne Hägele Hauff Humboldt
Reuter Rousseau Hagen Hauptmann Gautier
Karrillon Garschin Defoe Hebbel Baudelaire
Damaschke Descartes Hegel Kussmaul Herder
Wolfram von Eschenbach Dickens Schopenhauer Rilke George
Bronner Darwin Melville Grimm Jerome
Campe Horváth Aristoteles Voltaire Bebel Proust
Bismarck Vigny Barlach Federer Herodot
Gengenbach Heine
Storm Casanova Tersteegen Gilm Grillparzer Georgy
Chamberlain Lessing Langbein Gryphius
Brentano Lafontaine
Strachwitz Claudius Schiller Kralik Iffland Sokrates
Katharina II. von Rußland Bellamy Schilling
Gerstäcker Raabe Gibbon Tschechow
Löns Hesse Hoffmann Gogol Wilde Gleim Vulpius
Luther Heym Hofmannsthal Klee Hölty Morgenstern Goedicke
Roth Heyse Klopstock Kleist
Luxemburg Puschkin Homer Mörike
La Roche Horaz Musil
Machiavelli Kierkegaard Kraft Kraus
Navarra Aurel Musset Lamprecht Kind Kirchhoff Hugo Moltke
Nestroy Marie de France Laotse Ipsen Liebknecht
Nietzsche Nansen Ringelnatz
Marx Lassalle Gorki Klett Leibniz
von Ossietzky May vom Stein Lawrence Irving
Petalozzi Knigge
Platon Pückler Michelangelo Kafka
Sachs Poe Liebermann Kock
de Sade Praetorius Mistral Zetkin Korolenko

La maison d'édition tredition, basée à Hambourg, a publié dans la série **TREDITION CLASSICS** des ouvrages anciens de plus de deux millénaires. Ils étaient pour la plupart épuisés ou uniquement disponible chez les bouquinistes.

La série est destinée à préserver la littérature et à promouvoir la culture. Elle contribue ainsi au fait que plusieurs milliers d'œuvres ne tombent plus dans l'oubli.

La figure symbolique de la série **TREDITION CLASSICS**, est Johannes Gutenberg (1400 - 1468), imprimeur et inventeur de caractères métalliques mobiles et de la presse d'impression.

Avec sa série **TREDITION CLASSICS**, tredition à comme but de mettre à disposition des milliers de classiques de la littérature mondiale dans différentes langues et de les diffuser dans le monde entier. Toutes les œuvres de cette série sont chacune disponibles en format de poche et en édition relié. Pour plus d'informations sur cette série unique de livres et sur l'éditeur tredition, visitez notre site: www.tredition.com

tredition a été créé en 2006 par Sandra Latusseck et Soenke Schulz. Basé à Hambourg, en Allemagne, tredition offre des solutions d'édition aux auteurs ainsi qu'aux maisons d'édition, en combinant à la fois édition et distribution du contenu du livre en imprimé et numérique et ce dans le monde entier. tredition est idéalement positionnée pour permettre aux auteurs et maisons d'édition de créer des livres dans leurs propres domaines et sujets sans prendre de risques de fabrication conventionnelles.

Pour plus d'informations nous vous invitons à visiter notre site: www.tredition.com

Histoires incroyables, Tome I

Jules Lermina

Mentions légales

Cette œuvre fait partie de la série TREDITION CLASSICS.

Auteur: Jules Lermina
Conception de couverture: toepferschumann, Berlin (Allemagne)

Editeur: tredition GmbH, Hambourg (Allemagne)
ISBN: 978-3-8491-3901-8

www.tredition.com
www.tredition.de

Toutes les œuvres sont du domaine public en fonction du meilleur de nos connaissances et sont donc plus soumis au droit d'auteur.

L'objectif de TREDITIONS CLASSICS est de mettre à nouveau à disposition des milliers d'œuvres de classiques français, allemands et d'autres langues disponible dans un format livre. Les œuvres ont été scannés et digitalisés. Malgré tous les soins apportés, des erreurs ne peuvent pas être complètement exclues. Nos partenaires et nous même, tredition, essayons d'aboutir aux meilleurs résultats. Toutefois, si des fautes subsistent, nous vous prions de nous en excuser. L'orthographe de l'œuvre originale a été reprise sans modification. Il se peut que ce dernier diffère de l'orthographe utilisée aujourd'hui.

HISTOIRES INCROYABLES

PAR

JULES LERMINA

PARIS, L. BOULANGER, ÉDITEUR
90, boulevard Montparnasse, 90

COLLECTION LECTURES POUR TOUS AVENTURES ET VOYAGES

La liste des volumes composant cette collection
se trouve à la fin de l'ouvrage.

TOME PREMIER

PRÉFACE

J'ai toujours beaucoup aimé les histoires fantastiques. L'incroyable est une des formes de la poésie. Le réel, lorsqu'il se déforme par l'hallucination ou le rêve, devient tout aussitôt énorme et plus attirant peut-être que la vérité même. Tels ces visages que certains miroirs concaves ou convexes allongent ou dépriment de façons bizarres. Ils nous fascinent. On les regarde avec une fixité un peu hagarde, tandis qu'on laisserait peut-être passer une jolie femme sans l'admirer.

Le fantastique hypnotise. Quand j'étais enfant, j'ai souvent entendu raconter l'histoire de mon grand-oncle Gillet, mort grenadier de la garde. À Nantes, quand il rentrait chez sa mère, il avait l'habitude de prendre chaque soir un peu de sable et de le jeter, du dehors, contre la vitre pour avertir qu'il arrivait. On courait à la porte du jardin et on ouvrait. Cadet (c'était le cadet de la famille) entrait, joyeux. Un soir, on entend le bruit du gravier contre la vitre. Mon arrière-grand'mère se lève joyeuse et dit:

— C'est Cadet!

Cadet était pourtant soldat à l'armée et loin de France. Bah! c'est qu'il revenait! Et la mère court ouvrir la porte. Personne!

— Mon Dieu! dit l'aïeule, il est arrivé malheur à Cadet.

Et elle regarda sa montre.

En effet, à cette heure même, à l'heure crépusculaire, entre chien et loup, le pauvre garçon recevait d'un chasseur tyrolien, caché derrière une botte de foin, une balle qui le tuait net. C'était le soir de

Wagram. Il n'y avait pas deux heures que Napoléon l'avait, de sa main, décoré sur le champ de bataille d'une petite croix détachée de sa poitrine. Je l'ai là, cette petite croix. Je la regarde tandis que j'écris. Elle me rappelle cette inoubliable histoire qui a fait tant d'impression sur mon enfance.

Voilà bien pourquoi, sans doute, quand j'ai débuté, mes premiers récits ont été des contes fantastiques. On les retrouverait dans la collection du *Diogène* où nous *fantastiquions* à qui mieux mieux, le poète Ernest d'Hervilly, le romancier Jules Lermina et moi. Edgar Poë était notre dieu et Hoffmann son prophète. Nous étions fous d'histoires folles. C'était le bon temps.

Il n'est point passé, je le vois, ce bon temps-là, puisque Jules Lermina, fidèle à nos frissons d'antan, publie ce curieux et poignant recueil d'*Histoires incroyables*. Mânes de Nathaniel Hawthorne, et de l'auteur de l'*Assassinat de la rue Morgue*, voilà un Français, très français, qui vous a pourtant dérobé le secret du fantastique, ce naturel *sublimé*! Voilà un Gaulois qui a le sens du cauchemar saxon et dont les inventions font se dresser sur la peau du lecteur ces petites granulations spéciales qu'on appelle la chair de poule.

Je les connaissais en partie, ces *Histoires* entraînantes, et elles m'avaient hanté plus d'une fois comme la *Smarra* de Nodier. J'avais même cru sincèrement qu'elles étaient écrites par un Yankee, lorsque Lermina les signait de son pseudonyme de *William Cobb*. Mais Lermina connaît l'Amérique; il y a vécu, je crois, et il s'est imprégné de l'esprit même, subtil et puissant, de Poë. Ses magistrales études d'après le maître américain ne sont pourtant ni des copies ni des pastiches. Jamais je ne trouvai, au contraire, plus d'invention que dans ce livre. Lisez les *Fous*, la *Chambre d'hôtel*, la *Peur*, le *Testament*. Ou plutôt lisez toutes ces *Histoires incroyables*. Dans un temps où l'imagination semble proscrite du roman, Lermina a ce don merveilleux de l'invention. Il plaît, il amuse, il entraîne; ici—comme l'hypernaturel même—il fascine.

J'interromps, pour écrire cette préface, un court roman où j'étudie, à un point de vue spécial, les phénomènes de la suggestion. L'hystérie et la névrose m'attirent, et pourtant ce ne sont là que des mots. Ce qui est vrai, c'est la surexcitation ou la dépression cérébrale. Que se passe-t-il? Que se *pense-t-il* dans cet appareil déséquilibré? Est-il impossible que nous en ayons une notion quelconque? Non. Depuis que Maury a prouvé que le rêve pouvait être mâté, dirigé par la volonté, depuis que Quincey, le mangeur d'opium, que Poë ont analysé les sensations du narcotisé et de l'alcoolique, il a été prouvé que pour l'observateur, assez maître de soi pour se regarder penser, il y a une mine profonde et toujours féconde à explorer. Dans la pensée, comme dans la musique, on découvre des tons, des demi-tons, des quarts de ton, des *commas* pour employer le terme technique. Ce sont ces infiniment petits de la conception cérébrale qu'il est intéressant de noter. C'est là le vrai fantastique, parce que c'est l'inexploré; parce que, sur ce terrain, les surprises, les antithèses, les absurdités sont multiples et renaissantes.

C'est cette étude de la pensée malade que Jules Lermina a essayée, dans une singulière abstraction de son propre moi, qui est une force. Le temps de la synthèse, mère du romantisme, est passé. Le temps de l'analyse est venu. Corpuscules, microbes, monères d'Haeckel, inconscient d'Hartmann, tout aujourd'hui est regardé de près. C'est l'âge du microscope. On étudie les matériaux du grand monument humain pour en reconstruire l'architecture première. Dans le fou, dans l'alcoolique, il y a disjonction des pensées: d'où une certaine facilité pour les soumettre à l'action du microscope.

Quelle différence entre ces expériences sur le vivant, sur le pensant, et les imaginations purement physiques d'Hoffmann, ne comprenant d'autre antithèse que celle de la vie et de la mort, de la matière et de son reflet, du crime et du remords; d'Achim d'Arnim, se perdant à travers les grisailles du rêve effacé, presque invisible,— illisible, pourrait-on dire; voire même d'un Hawthorne, s'attachant aux contrastes de neige et de soleil, de poison et d'antidote, de métal et de papier. Edgar Poë, le premier, a étudié, non plus les dehors, mais le *dedans* de l'homme. Son «Démon de la perversité» est une trouvaille cérébrale, adéquate à un rapport de médecin légiste. C'est le psychopathe avant la psychopathie.

Jules Lermina est de cette école. Il trépane le crâne et regarde agir le cerveau; et il y voit des spectacles mille fois plus étranges que les fantômes ridicules, blancs dans le noir, mille fois plus effrayants que les goules pâles ou les vampires verdâtres du bon Nodier.

Les livres sans mérite ont seuls besoin de préface. Je croirais manquer de respect au public, qui connaît ceux qu'il aime, et de justice envers un vieux camarade en présentant un littérateur qui s'est, depuis tant d'années, si brillamment présenté lui-même. Mais peut-être Jules Lermina veut-il que je dise qu'en ce volume particulier il a mis plus de lui-même encore, des recherches plus profondes, une acuité plus affinée. Je conçois cela. On a toujours un livre qu'on préfère, un favori dans une oeuvre multiple. Les *Histoires incroyables* sont peut-être ce «préféré» pour leur remarquable auteur.

Le conteur a trouvé, pour l'illustrer, un artiste aux visions originales, puissamment saisissantes, pleines, elles aussi, de ce *fantastique réel* qui fait le prix des récits de ce très original et troublant volume. On prendrait plus d'une composition de M. Denisse pour une des étranges vignettes, pleines d'humour tragique, intercalées par Cruikshank dans la traduction de Hugo, *Han of Island*.

Quoi qu'il en soit, on placera certainement ces pages au meilleur rang de la bibliothèque des conteurs, entre les visions romantiques d'Hoffmann et les conceptions poétiquement scientifiques d'Edgar Allan Poë; et l'auteur, qu'on va fort applaudir, a découvert un joli coin d'Amérique, plein de fleurs rares et étranges, inquiétantes comme ces fleurs empoisonnées du conte d'Hawthorne, le jour où il a soufflé, tout bas, à William Cobb les histoires troublantes et remarquables que ce William Cobb contait si bien et que recueille aujourd'hui, pour nous, Jules Lermina.

JULES CLARETIE.

15 mars 1885.

HISTOIRES INCROYABLES

LES FOUS

I

Pourquoi six heures? Non pas six heures moins cinq minutes ni six heures cinq, mais bien six heures juste. Cela me préoccupait plus que je ne voulais me l'avouer, et cependant je ne m'étais pas trompé. Tenez, hier encore, j'étais allé chez lui, pour mon procès.

Car il est temps que je vous dise de quoi je veux parler ou plutôt de qui.

Lui, c'est Me Golding, mon sollicitor, un homme de sens et de talent, plus rusé que tous les attorneys des États-Unis, et qui sait vous retourner un juge comme un gant de feutre, ou lui ouvrir l'esprit à point, comme le plus graissé des *bowie-knives*.

Je suis un homme comme vous, ami lecteur, mais peut-être ai-je en moi telle disposition qui chez vous n'existe qu'à l'état latent.

J'ai remarqué que chez tout individu appartenant à la race humaine, réside en un point spécial et sans qu'il s'en rende compte lui-même, une faculté, comme une sorte de sens, doué d'un *superacuité* remarquable. Chez les uns, j'ai vu que c'était le désir de l'or, ou plutôt le *flair* des affaires; chez les autres, c'était la *divination* intuitive de la fragilité d'une femme. Les uns se disaient, en entendant un bavard: là, il y a une bonne affaire à engager. Les autres, en regardant la plus guindée de toutes les mères de familles: voilà une femme dont je serai l'amant.

Cela ne se discute ni ne s'explique. Cela est. C'est une agrégation, indépendante de toute volition, entre telle portion d'un autre être et la portion équivalente de votre propre nature, comme un engrenage auquel vous ne pouvez échapper. Il y a en *lui* ou en *elle* telle aspérité qui s'accroche, par son évolution même, à un des ressorts de notre mécanisme. Et tout suit.

Moi, j'ai le flair de l'étrange: chez un homme, si *innocent*, si naturel qu'il paraisse à tous, je pressens, je constate l'*anormal*, en si petite dose qu'il s'y trouve. L'*infinitésimal* m'affecte. Et une fois que j'ai été touché par ce ressort invisible, rien ne peut m'arrêter. *Il faut* que je sache, que je suive le mouvement, l'impulsion qui m'a été communiquée.

C'est ainsi que cela se passa avec Me Golding, homme régulier, comme le balancier d'une pendule, marchant comme un rouage, vivant automatiquement ou plutôt mathématiquement. À dix heures du matin, je le trouvais à son bureau pour ses consultations. Et, remarquez-le, jamais une minute avant ni après dix heures; à une heure, au tribunal; à cinq heures, dans son cabinet; à six heures… c'est là ce qui me frappa.

J'étais chez lui: nous causions de mon procès… oh! une misère… quelques centaines de dollars dont je me soucie comme d'un poisson salé. Mais j'en avais fait une question d'amour-propre et pour la vingtième fois—pour la centième, peut-être—je répétais à Golding les *pourquoi* de mon entêtement. Il m'écoutait comme un sollicitor sait écouter—tarifant d'avance chaque minute qui s'écoule, et rêvant déjà au mémoire à présenter, et sur lequel je devais lire: Pour avoir conféré pendant une heure du procès X…., 8 dollars.—Je n'avais pas pris garde à l'heure, et lui ne me rappelait pas que l'heure de sa consultation allait être achevée. En vérité, nous approchions du dénouement et cette conférence n'était pas inutile.

C'est alors,—j'entamais le dernier point de la controverse et j'allais démontrer victorieusement que mon adversaire était un malhonnête homme, —que sonnèrent six heures: oh! doucement, tout doucement, au timbre fêlé d'une vieille pendule vermoulue, échappée de quelque cargaison anglaise. *Il paraît* que six heures sonnèrent: moi je n'entendis rien, tant le timbre avait faiblement résonné. Mais, instantanément, Golding n'était plus devant moi. Où donc alors? tout à l'heure il était si solidement cloué dans son fauteuil de cuir!… Je regardai derrière moi, la porte de l'étude se refermait. *Il* était parti. Si vite, si délibérément, sans un mot d'excuse, sans un geste d'avis!… Parti, ou plutôt *glissé* dehors.

Il y eut agrégation entre le *quelque chose*, personnel à cet homme, et ma faculté d'investigation. Je me sentis *accroché*, le cliquet était tombé.

Non, ce n'était pas par impolitesse, ennui ou fatigue qu'il s'était ainsi dérobé à notre entretien. Par impolitesse? Golding était la courtoisie en personne. Par ennui? Un sollicitor ne s'ennuie que de ce qui ne rapporte pas. Par fatigue? Un client ou un autre, qu'importe?

Il y avait *autre chose*. Quoi? Je ne le savais point, mais je le sentais. Sensation vague, intuition positive, qui ne définit pas, mais affirme. Pendant toute la journée du lendemain, je fus obsédé, non d'un désir, mais du besoin de savoir. C'était une possession; l'idée avait pris racine en moi; elle germait, grandissait. Je retournai chez le sollicitor à cinq heures. Il me reçut comme à l'ordinaire. Nul changement, nulle gêne, mais pas une excuse. Il semblait ne pas avoir la notion de ce qui s'était passé; je n'osai pas lui en parler.

Pourquoi la question vint-elle dix fois sur mes lèvres, et pourquoi dix fois ne me sentis-je pas le courage de parler? Quelques minutes avant six heures, j'attendais... oh! comme j'attendais que le timbre fêlé retentît... mais on vint nous déranger, je dus partir, je descendis dans la rue. À six heures, il passa auprès de moi, sans me voir... ou du moins je suis sûr qu'il ne me vit pas, quoiqu'il m'eût regardé... Je pouvais le suivre, mais je jugeai qu'il ne fallait pas procéder ainsi. Je m'en allai, pour revenir encore le lendemain, le surlendemain.

Mais le hasard — était-ce bien le hasard? — était contre moi; je ne pouvais me trouver dans son cabinet jusqu'à six heures. Seulement, alors que je me tenais, en bas, blotti auprès de la porte, l'épiant, comme aurait fait un voleur qui en eût voulu à sa bourse, je le voyais passer, froid, calme, insensible à tout ce qui se passait autour de lui... toujours dans la même direction, sans tourner la tête à droite ni à gauche, regardant droit vers un but...

C'était un homme de quarante ans... Ah! son portrait? il ne présentait rien d'étrange, aucun caractère singulier. Les enfants ou les personnes sentimentales croient seules encore à un rayonnement de l'étrange en dehors de l'individu, à une trahison de la physionomie et de l'allure. Croyez-moi, défiez-vous, au contraire, de l'homme dont rien ne *sort!* Visage calme, attitude insignifiante, c'est hypocrisie voulue ou inconsciente. Le visage qui ne dit rien *parle en dedans.*

Celui-là — avec ses cheveux gris, ses yeux bleus, son front haut et sans rides, son pas régulier, cette absence totale d'agitation externe — celui-là devait avoir des rides en dedans et son coeur devait battre dans sa poitrine d'un heurt saccadé, quelque chose comme le halètement fébrile du remords ou le tressautement de la terreur.

Comme je l'espionnai, comme je me glissai furtif auprès de lui, comme j'étudiai chaque inflexion de sa voix!... rien! Pourquoi, après tout, ne pas supposer qu'à six heures juste il avait pris, dans trente ans d'exercice, l'habitude de quitter son office?... qu'à cette heure-là quelqu'un l'attendait, quelque gouvernante peut-être, un peu grondeuse, un peu revêche, se plaignant que l'eau eût trop longtemps bouilli dans la *Kettle,* que les rôties fussent trop brûlées?...

Mais non, non, mille fois non. *Quelqu'un* ne l'attend pas; mais il *va* trouver quelqu'un, il ne peut faire autrement. *Il faut* qu'il parte à six heures. Cela, je ne puis l'expliquer, mais je le répète, je le *sais.* Cela ne peut pas *ne pas être.*

Cette pensée était devenue fixe. J'étais arrivé à considérer Golding comme un ennemi dont la vie m'appartenait. Il n'avait pas le droit de garder son secret: car l'anormal qui existait en lui se répercutait en moi et me causait un malaise continuel. Je résolus d'en finir.

Justement une circonstance me servit. J'avais préparé cela de longue date. Golding était très obligeant, et — *avant six heures* — c'était un bon vivant, avec lequel bien souvent j'avais bu un verre de sherry et partagé un *plum-cake.* Alors, je lui avais dit: Si je gagne mon procès, vous me permettrez de vous inviter à un *lunch?*

J'avais dit lunch, car ce mot impliquait le matin, et j'avais besoin de l'avoir à ma table vers midi ou une heure.

Je gagnai mon procès. Oh! je vous assure que je ne reculai devant rien pour réclamer l'exécution de sa promesse. J'avais peur qu'il ne se défiât, et mon insistance aurait dû lui donner des soupçons. Je craignais qu'il ne parlât de l'*heure* à laquelle il devait se retirer. Mais non, il n'en fut pas question. Et ce fut le visage riant, le front calme, qu'il me suivit à ma demeure, dans Hamilton-square.

Là, je fis les honneurs de mon mieux. J'étais fort gai en vérité... trop gai peut-être pour que ce fût naturel. Mais lui ne voyait rien, ne devinait rien. Il fredonna même le *Yankee Doodle*, d'une voix qui, ma foi, n'était pas sans charme... mais j'attendais le dessert avec impatience afin qu'il bût du vin... de mon vin à moi. Je jouais une rude partie, et, à chaque minute, je frissonnais, je tremblais d'entendre sonner six heures... mais non, j'ai bien le temps.

Enfin! voici les pâtisseries et les fruits; il m'a tendu son verre, et j'ai versé: il a porté un toast aux étoiles de l'Union, et encore il a bu, deux, trois, six verres... Comme *ce que je sais* est long à opérer!

Mais voilà que sa tête s'alourdit, ses yeux se ferment, je le conduis au canapé, j'allume un cigare et j'attends...

Et six heures sonnent...

II

Et il dort, d'un sommeil que je sais pesant et invincible. Il n'a pu rien entendre, d'ailleurs l'heure n'a pas sonné à ma pendule. Je l'ai arrêtée. Moi, j'étais trop attentif pour ne pas saisir l'écho venant de l'horloge voisine. Il n'a pas fait un mouvement.

C'est étrange. Je m'attendais à quelque chose. Ce *rien* me surprend. Et pourtant, non, je ne me suis pas trompé... j'y songe! Si ce n'était pas encore six heures—pour lui! Alors doucement, oh! tout doucement, je me penche et je tire sa montre de son gousset. Comme je fais cela habilement! on dirait un habitué des *Five-Points*[1]... Il n'a pas tressailli. Mes doigts ont été si légers! Là! je regarde, il n'est que six heures moins deux minutes... l'horloge avance... Je puis encore espérer... quoi? L'épanouissement de l'inconnu... Voilà, l'aiguille marche, lentement, lentement. Encore deux secondes. D'un mouvement vif, je remets la montre à sa place et...

[Note 1: Carrefour mal famé de New-York, comme l'ancienne place Maubert, à Paris, ou les *Seven Dials*, à Londres.]

Ah! ce fut un curieux spectacle en vérité et que je n'oublierai de ma vie. Est-ce bien Golding qui se dressa tout à coup, comme si un ressort se fût tendu dans son épine dorsale? Il n'ouvrit pas les yeux, non, mais à je ne sais quel rayonnement, je m'aperçus qu'il voyait *à travers* ses paupières fermées. Il fit un pas, sans chanceler.

Je pris son chapeau et le mis sur sa tête... un peu de travers, et j'eus la compassion de placer sa canne entre ses doigts. Et tout cela dut être fait bien vite, car depuis le moment où il s'était redressé, il n'avait pas cessé d'agir.

Il avait traversé la salle où nous avions lunché, ouvert la porte; il descendait l'escalier.

Oui, mais s'il s'en va! Eh bien! après, que saurai-je? le suivre, c'est banal. Il me semble qu'il y a mieux à faire. Maintenant, je ne doute plus. Il y a un secret, ce secret est mon bien, ma proie, il ne faut pas qu'il m'échappe...

Une idée infernale traverse mon cerveau. Si je l'enfermais! je rentrerai tard, je lui dirai qu'il s'était endormi, que j'ai cru devoir respecter son sommeil.

Et comme ces pensées étaient écloses en moi en une seconde, je me trouvai dehors, et je fermai la porte à double tour.

Il était enfermé. Et toutes les voix de la ville, comme dans un appel désespérant, répétaient: Une, deux, trois, quatre, cinq, six... cinq, six... cinq, six.

Moi, je courus à une petite fenêtre basse par laquelle je pouvais plonger à l'intérieur. Je vis vraiment un spectacle bizarre.

Me Golding était appuyé contre la porte, non comme un homme ivre, mais dans l'attitude d'un homme qui marche. Les jambes se levaient, l'une après l'autre, en cadence, sans temps d'arrêt: comprenez-vous cela? Il *allait* sans bouger. Le visage collé contre la porte, il tendait *en avant* comme s'il eût fait une course rapide, et, en réalité, il piaffait sur place.

Je ne sais pourquoi cela me sembla démesurément grotesque. Je partis d'un violent éclat de rire, et...

III

— Évidemment, il sera tombé de fatigue! dis-je à demi-voix.

Mon partner posa son cigare sur le rebord de la table, lança dans le foyer un long jet de salive brune et répondit:

— J'invite à coeur, et vous coupez! par la mort diable! cela devient intolérable.

Ceci se passait au *National-Club*.

Au moment où j'avais ri si intempestivement, une main s'était posée sur mon épaule, et une voix bien connue m'avait proposé un tour au club. J'avais hésité. Fallait-il le laisser, *lui*? Et puis, je m'étais dit qu'après tout la porte était solide, que mon excuse serait toujours bonne et qu'il était comique de le laisser pendant quelques heures livré à lui-même. C'est ainsi qu'étant à l'Athenaeum, j'aimais à corser les problèmes d'arithmétique que nous proposait le professeur, en y ajoutant quelque combinaison inconnue.

Ces deux, trois, quatre heures — qui sait? — pouvaient faire jaillir un x nouveau. Cette idée me séduisit et je suivis le capitaine au club; là, j'acceptai une partie de whist.

Mais en dépit de tous mes efforts, je n'avais pu parvenir à *abstraire* ma pensée, et chaque carte qui tombait me semblait correspondre à l'un des pas de l'homme.

Si par hasard il parvenait à ouvrir ma porte, s'il s'enfuyait... tout était perdu. Car, ce que je voulais avant tout, c'est qu'il ne pût pas aller là où il allait d'ordinaire. Je voulais déranger cette machine, briser un engrenage, affoler la roue.

— Mais non, je n'ai rien à craindre.

— À vous la donne, capitaine.

— Oui, mais tonnerre, ne jouez pas de *singleton* aussi maladroit.

Il a raison, le capitaine, je joue mal. Mais il ne sait pas, lui, ce qui me préoccupe. D'abord nul ne le saura. Est-ce que je voudrais partager mon secret avec quelqu'un? *Mon* secret! car il est bien à moi. Je l'ai fait lever comme un gibier, et seul, j'ai la piste.

Certes, je sens en moi un immense désir: «Si vous saviez!» ou bien encore: «Je pourrais vous raconter quelque chose!» Des phrases pleines de réticences viennent à mes lèvres, quand ce ne serait que pour avoir le plaisir de m'arrêter quand je le voudrais, et de donner la preuve de ma discrétion. Il serait bon d'*indiquer* que j'ai la *propriété* d'un secret, que nul ne partage, ni ne partagera que si cela me plaît.

Mais ces mots qui brûlent mes lèvres, je ne les prononcerai pas...

D'ailleurs, pourquoi ne puis-je pas chasser le souvenir? Le jeu m'intéresse, la fiche est à dix dollars... Voyons! faisons un pacte avec moi-même. Il est dix heures et demie. À minuit, je retournerai chez moi. Minuit, c'est bien convenu.

Tenez, cette résolution va me porter bonheur. Voilà que j'ai la main pleine d'atouts... trois de tri... partie gagnée. Encore un *rubber*.

Il marche toujours, lui. Oh! ne dites pas non, j'en suis sûr. C'est comme si j'y étais... ses pieds et sa canne heurtent régulièrement la dalle de l'antichambre... pan, pan, pan... pan, pan, pan! un bruit régulier, une, deux, trois... Où veut-il aller comme cela?

Pas d'impatience, je dégusterai *mon* mystère lentement, à petites doses. Il ne faut pas imiter ces avides qui dévorent tout leur bien en quelques mois... je ferai des économies d'*étrange*, je puiserai petit à petit dans mon trésor, et je ne m'apercevrai même pas qu'il diminue!

Onze heures et demie! Encore une demi-heure. Allons, je suis content de moi. Mais aussi, pour me récompenser, je me donne un quart d'heure de grâce... je partirai à minuit moins un quart.

—Capitaine, nous avons gagné trente-deux fiches, je crois.

—Oui, vous nous quittez?

Comme je souris victorieusement en répondant: «J'ai à faire.»

Voilà. Je mets mon paletot. Au revoir, mes amis. Oh! ils ne se doutent pas de ma joie. J'ai un peu la fièvre. Je suis comme un amoureux qui court à son premier rendez-vous. Ma maîtresse s'appelle Énigme. C'est un beau nom, n'est-il pas vrai?

Adieu, adieu. Je suis parti.

IV

Non, je n'irai pas directement chez moi, je ferai un petit tour dans Broadway. Justement, c'est un peu fête aujourd'hui, les magasins sont encore ouverts... Des bijoux! des diamants! Ah! c'est chez moi que je vais le trouver, mon *bijou*, mon vrai *diamant* à moi!

Je n'y tiens plus, allons.

J'avançais tout doucement vers Hamilton-square. Car je ne voulais pas arriver brusquement. Je ne voulais pas être vu, être entendu. Et puis, je me disais en prenant l'autre côté de la chaussée: «Je vais d'abord entendre de loin, d'aussi loin qu'il sera possible, ce bruit qui est comme l'écho du mystère... Est-ce que je ne le perçois pas encore? Non, encore un pas, encore un autre...»

Et je restai à la place que j'occupais, cloué par l'étonnement, — oui, cloué, — comme si tout à coup une cheville d'un pied eût transpercé la semelle de mes bottes et eût été rivée par une main invisible en dessous du pavé!...

J'entendais, oui. Mais ce que j'entendais, ce n'était pas ce que je *supposais* devoir entendre... Une, deux, trois... non. Ce n'était pas ce bruit régulier, cadencé, un talon après un autre, puis la canne, encore un talon, encore autre, et la canne.

Ce n'était point cela le moins du monde. Comment définirai-je ce que j'entendais? Ce n'était pas un piétinement. Oh! non, c'était plutôt un roulement. Très vif, sans arrêt. Il n'y avait pas un intervalle d'un dixième de seconde entre chacun des sons qui parvenaient à mon oreille...

Est-ce possible? *Un seul homme ne peut produire ce bruit!* Trépignât-il sur place, son pas n'aurait pas cette persistance cadencée. Non. *Ils sont plusieurs!* Allons, ce n'est pas supposable. La porte est solidement fermée. Nul n'a pu entrer, pas plus que *lui* ne pouvait sortir.

Pourquoi donc hésité-je à avancer? Je n'ai pas peur; certes, la terreur est bien loin de mon âme. Pourtant c'est bien étrange.

Je penche la tête en avant, je tends le cou... je regarde!

Je vois!... il peut donc se faire qu'une vérité soit plus étrange que toutes les suppositions?...

Ils sont deux devant ma porte, vous comprenez bien, *devant*, sur la dernière marche du perron, le nez contre le bois et marchant *sur place* comme l'autre marche à l'intérieur. Sans bouger, et séparés par l'épaisseur du bois, ils vont *à la rencontre* de l'autre.

Pas un mot d'ailleurs. Rien que ce pas que nulle puissance ne semble devoir arrêter. Je me glisse à la fenêtre, et à la lueur d'une veilleuse qui brûle dans le corridor, je le reconnais, lui, Golding... il va toujours *en avant*, sans avancer.

Et les deux autres font le même manège au dehors... C'est une bizarre chose que ces trois mannequins, mus par une même ficelle. Ce sont ces six talons qui produisent le roulement... il y a aussi trois cannes...

Quel parti dois-je prendre?

V

Attendre? Quoi? Que la machine motrice s'arrête d'elle-même... Il y a là des ressorts d'acier que rien ne détendra. Le jour peut avoir une influence sur l'étrangeté de la nuit, cela est vrai. Le chant du coq chasse les fantômes. Soit; mais il n'y a pas ici de fantômes, les spectres n'ont pas de talons, et, comme dit le poète:

Et le souffle muet glissa sur le silence.

Golding et les autres sont des personnalités matérielles, des entités de chair et d'os. Pourquoi l'homme doué du plus grand courage se sent-il ému en présence de l'homme sorti de sa norme? Je rencontrerais dix Golding au coin d'un bois, que je les braverais. Un seul —

parce qu'il est *incompris* — parce qu'un des ressorts de son être confine à l'inintelligible — me paraît effrayant. En vérité, j'ai presque peur.

Mais cette hésitation ne dure pas... je me glisse doucement jusqu'à ma porte, je monte deux degrés du perron, je suis derrière mes deux étranges visiteurs. Et, sans qu'ils s'en aperçoivent — car, sur mon âme ils ne s'en aperçoivent pas — je passe mon bras entre eux deux, j'introduis la clé dans ma serrure qui grince, et d'un élan brusque, j'ouvre la porte...

Dernièrement, sur la ligne ferrée du Massachusetts, deux locomotives, — choses de fer et d'acier, — se précipitèrent l'une sur l'autre. Eh bien! par Jupiter, — proportionnellement à la masse projetée, — le choc ne fut pas plus violent.

Les deux gentlemen heurtèrent Golding, qui heurta les deux gentlemen.

Puis il y eut un cri, — ou plutôt trois cris en un seul...

Puis non pas une course, non pas une fuite, non pas une déroute, — mais un *ruement* à travers la rue. Les deux gentlemen avaient mis Golding sur leurs épaules, — mon Dieu, oui! un sollicitor, — comme une balle de coton. Celui de devant soutenait les deux jambes, dont il s'était fait comme un collier, l'autre portait la tête et tenait le cou à deux mains...

Et ils s'enfuyaient dans la direction du parc, avec leur fardeau ballotté, cahoté, tressautant.

Qu'auriez-vous fait? Ce que je fis.

Je courus après eux. Mais, bast! ces jambes-là étaient de fer; je les vis, longtemps, bondissant à travers les rues, les squares, les avenues, l'emportant, lui, — et avec lui mon secret, — et je dus m'arrêter, haletant, épuisé, soufflant et m'appuyant les deux mains au côté... Ils échappèrent à ma vue.

VI

Voyons. Me voici chez moi, bien calme, bien reposé. Il faut que je réfléchisse.

Quel est mon point de départ? Ah! j'y suis... Six heures. Cette heure a un *sens*, ce moment a une influence. Sur qui? Sur Golding, ceci est acquis. — Et remarquons-le — une influence indépendante de sa propre volonté. La preuve, c'est qu'à six heures moins deux minutes, il dormait.

Seconde question. — Comment a-t-il eu *conscience* de l'heure, alors que le narcotique — car j'avoue mon subterfuge — agissait sur son système nerveux?

Avez-vous remarqué ceci? Vous vous étiez dit, en vous couchant: demain, il faut que je me réveille à cinq heures du matin. Et à cinq heures juste, n'ayant auprès de vous que votre montre qui *ne sonne pas*, vous vous réveillez en sursaut. Il faut donc que votre cerveau ait été *monté* — par le fait de votre intention — de telle sorte qu'un mouvement monitoire se produisît juste à l'heure dite. Cet effet est évidemment de même nature: oui, c'est cela. Dans ce corps engourdi, il y eut — par habitude de volonté — détente réflexe d'un ressort à six heures juste. Et la machine excitée se mit tout entière en motion, comme lorsque vous touchez le balancier d'une pendule et que le reste du mécanisme se trouve entraîné par cet effort.

Donc, quand je disais tout à l'heure — influence *indépendante de sa volonté* — je me trompais, c'est à la persistance *latente* de cette volition, devenue instinctive par l'habitude, qu'il *faut* attribuer cette mise en action.

Considérons donc ces deux points comme prouvés: six heures, temps fixe où *quelque chose* doit être fait par Golding, et ne peut pas *ne pas être fait* — puis, en second lieu, excitation cérébrale provenant de l'habitude, habitude déterminée *dans le principe* par un acte de volonté.

Un jour, il s'est dit: «Tous les jours, à six heures, je ferai *cela*.» Et au bout d'un certain temps, il n'a plus été nécessaire pour lui d'avoir recours à l'acte coercitif de la volonté. La volonté a été reléguée au second plan. Aujourd'hui, *le voulût-il*, il ne pourrait s'abstenir de faire ce quelque chose.

— Je ferai *cela*! — a dit Golding. *Cela*, c'est x.

Quels sont les autres éléments du problème?

Deux gentlemen, obéissant à la même préoccupation... N'allons pas si vite. Est-ce bien là la vérité, et ne fais-je pas fausse route? *Même* préoccupation? Non, une *même* préoccupation aurait déterminé chez eux un effort dans le *même* sens. C'est-à-dire, qu'eux aussi, ils auraient voulu aller *quelque part*. Lui voulait sortir de chez moi, eux voulaient y entrer. Il n'y a pas *identité* de volition, mais, au contraire, *contradiction* d'effort. D'autre part, ils voulaient se rencontrer, — d'où tendance à un point d'intersection.

Prenons deux points mathématiques A et B, plaçons-les comme ceci:

A............................ B

A, c'est Golding, qui tendait évidemment vers B, et qui tend *là* chaque jour, à six heures. Donc habitude de la part de B d'être touché, chaque soir (à une heure que nous ne pourrions déterminer qu'en connaissant la distance de A à B), par la ligne partant de A. Habitude d'être touché par cette ligne implique, de la part de B, tendance à *aller au-devant* de A.

Alors B — que nous admettons animé, puisque cette idée se dégage que B est représenté par les deux gentlemen — en raison de cette tendance à sentir A près de lui — B, dis-je, s'est peu à peu rapproché de A...; un obstacle matériel s'est opposé à la réunion des deux termes du problème; mais la double tendance agissant continuellement, A et B ont *tendu* l'un vers l'autre à travers ma porte... et lorsque j'ai ouvert ma porte, B double de A, l'a entraîné au point où ils eussent dû se trouver depuis longtemps... si je n'avais invité Golding à *luncher* avec moi.

Je repasse soigneusement mes déductions. Elles sont justes.

Occupons-nous maintenant de la conclusion, qui servira de base à mes recherches ultérieures.

VII

Cette conclusion, la voici, telle qu'elle sort tout armée de mon cerveau.

Golding doit tous les soirs aller retrouver les deux gentlemen. Il ne peut s'en dispenser. Eux de leur côté ne peuvent rester séparés de Golding.

Et cela ne dépend pas d'un caprice, d'une fantaisie de vieillards: il y a plus que désir, plus qu'habitude, il y a nécessité. Ce n'est pas une liaison qui existe entre ces trois hommes, c'est un *lien*, plus serré que le noeud d'Alexandre, et l'épée s'émousserait sur lui. Une pareille *amitié*, fatale, involontaire, n'a qu'un nom. J'hésite à le prononcer... elle s'appelle (bast! personne ne lira ceci) *complicité!*

VIII

Le lendemain, de bonne heure, j'étais chez Golding. Je ne vous dissimulerai pas qu'il m'avait fallu une certaine audace pour me rendre chez le sollicitor.

Mais la curiosité fut plus forte que l'inquiétude. Je voulais savoir s'il se souviendrait. Pourquoi ce doute? Il était bien évident qu'il ne pouvait avoir oublié ce qui s'était passé la veille au soir, à moins que...

Eh bien! c'était justement cette idée qui me tourmentait. Je *croyais* —mais ceci ne venait d'aucune déduction, c'était un instinct—qu'il n'avait pas eu conscience de ce qui s'était *produit* après six heures.

Et tenez, j'avais raison. Voilà maître Golding qui me reçoit avec la plus grande affabilité. Bien mieux. Il me parle de notre petit repas et d'une certaine sauce, comme si rien que de très naturel n'avait accompagné son départ. Il est toujours le même, teint fleuri, oeil émerillonné. Je crois qu'au besoin il accepterait une seconde invitation.

Je me retire. Mon plan est fait. Vous l'avez deviné. Pour procéder par ordre, il faut maintenant connaître deux autres points importants:

> 1° Où va maître Golding? 2° Quels sont les deux gentlemen en question?

Ceci me paraît facile. À six heures, je serai là.

Oh! je vous avoue que j'ai la fièvre. C'est une rude tâche que j'ai entreprise; mais aussi que son accomplissement me promet de jouissances!

Je saurai tout... Quand je prononce ces trois mots, je sens que je serai payé au centuple de mes peines.

Aussi, dix minutes avant que l'heure sonne, je suis là, blotti dans un coin, à quelques pas de sa porte. Je sais qu'il est dans son étude. Je n'aurais pas commis cet enfantillage de ne pas m'en assurer.

Ces dix minutes me paraissent un siècle. Elles passent cependant — trop lentement — mais elles passent. L'attention prête même à mes sens une telle finesse que j'entends — je suis sûr que je l'entends — le timbre fêlé de sa pendule.

Je ne m'étais pas trompé. C'est lui. Il marche, et moi je marche derrière lui. J'ai l'air d'un *détective* attaché au pas d'un coupable. Après? Peut-être est-ce bien un *coupable*.

Il ne va pas vite. Non. C'est un pas bien régulier, sec, cadencé. J'ai pris le pas, moi aussi, si bien que les deux bruits se confondent. Oh! il ne peut se douter de rien. Et de fait, il ne paraît pas préoccupé de ce qui se passe *derrière* lui. C'est *devant* lui que se trouve son intérêt. Ni à droite, ni à gauche, car il ne regarde rien, et la plus jolie fille de l'État peut passer à ses côtés sans qu'il remarque son bas bien tiré ou sa taille cambrée. Parfois quelqu'un vient en sens inverse, et le heurte. Le choc — sec — ne le fait pas dévier d'un iota de la ligne directe.

Nous avons suivi Broadway quelque temps. Nous sortons de la ville. Nous allons au faubourg. Nous arpentons la route — arpenter est le mot, car chacun de ses pas a une dimension fixe, implacable.

J'aperçois une maison, presque en plaine. D'un étrange aspect, sur mon âme. Les briques ont une teinte d'un rouge brun comme le front d'un homme frappé d'apoplexie. La maison est entourée d'un parc; on y entre par une grille. *Il* tend à cette grille...

Mais voici du nouveau: de deux routes viennent — en même temps — oh! absolument en même temps — deux gentlemen. Ils sont exactement à la même distance de la grille, ils y arriveront exactement à la même seconde. Même pas, même rectitude dans la marche. Les voilà qui touchent la grille *ensemble*... La grille s'ouvre, ils entrent... ces trois points convergents se sont confondus en un seul groupe... et ils disparaissent dans la maison...

IX

Jusqu'ici, je n'ai pas un seul instant fait fausse route. Malgré mon impatience — malgré l'*attraction* qui s'exerce sur moi — je ne veux pas, je ne dois pas me hâter.

La grille est fermée, Golding et ses deux amis... amis? Voici d'abord un mot qui mérite examen. Pourquoi amis? Et cette idée est-elle juste? En tout cas, est-elle prouvée? Loin de là, donc je la réserve. Golding et les deux gentlemen sont enfermés dans la maison. Examinons la maison. La carapace peut souvent indiquer la nature du crustacé.

C'est un grand bâtiment carré — lugubre. Qu'est-ce qui le rend lugubre? Rien et tout. Il y a sur ces pierres brunes comme une transsudation de mystère. De toutes les fenêtres une seule est ouverte. On dirait l'oeil borgne d'un visage. Le parc a de hautes murailles; par la grille seule, le regard peut pénétrer à l'intérieur. Les arbres sont touffus, les allées sont mal entretenues... Mon oeil *marche* à travers ces allées. Rien que des feuilles mortes ou des branches dépouillées? Si fait: quelque chose. Je distingue à peine une sorte de chapelle basse, petite, étroite. Pourquoi cette découverte me fait-elle frissonner? C'est que, comme les hommes, les *choses* ont un rayonnement qui tombe d'aplomb sur le *sens* qui m'est particulier et dont j'ai parlé. Cette chapelle — bâtisse ou monument—s'est imposée à mon attention, à mon examen, à mon esprit d'investigation. Il y a là quelque chose. Mais j'y songerai plus tard. Voici déjà deux heures que je rôde autour de la maison et du parc. Aucun des trois gentlemen n'est sorti. Il est huit heures et demie. La nuit est profonde, et, seule, la fenêtre que j'ai d'abord remarquée a été éclairée. C'est là qu'ils sont.

Si je pouvais m'approcher, si je pouvais plonger mon regard dans cette chambre! Mais il n'y faut pas songer. La grille est bien fermée. Les murs sont trop élevés. Oh! si de la puissance de mon oeil—rivé à cette fenêtre—je pouvais percer cette épaisseur qui me *les* cache. Non, il ne faut rien livrer au hasard. Demain je verrai, demain je ferai un pas de plus dans le labyrinthe où je me suis engagé.

Tout à coup—ce fut une terrible surprise, en vérité—un grand cri parvint jusqu'à moi.

Ce n'était pas un cri de douleur. Je ne supposai pas un seul instant que quelqu'un pût avoir besoin de secours. C'était une clameur longue—longue—comme l'*ululation* du chat en amour. Et, de fait, c'était moins un cri qu'un son. Il n'avait pas été proféré, comme l'est un cri dans un *arrachement* de l'âme. Il avait commencé voilé, presque timide, puis avait grossi dans une expansion sinistre. Puis au moment même où il allait s'éteindre, deux autres sons s'étaient élevés, et le premier avait recommencé comme pour se joindre à eux—parallèlement. Quelque chose comme la tonique, la tierce et la quinte.

Hou... ou... ou... ou!... C'était à peu près cela, et cependant nulle voix humaine ne pourrait, à mon avis, proférer le même son. À la fenêtre que j'observais, je vis un notable changement. L'ombre succédait à la lumière, puis la lumière à l'ombre. Il me semblait encore—avec les hou! qui ne s'arrêtaient pas,—entendre d'autres bruits, ceux-là sourds, lourds, comme si une masse sans cesse relevée eût été sans cesse rejetée sur le plancher... Puis les hou! s'interrompaient, et alors je percevais des éclats de voix,—de vrais éclats. Cela ressemblait au bruit des bâtons des Irlandais, quand ils s'assomment à la porte de quelque bouge.

Ces voix avaient l'air de *frapper*, tant elles étaient sèches et rauques.

Puis les lumières bondissaient encore, puis elles disparaissaient sous l'interposition de quelque corps opaque...

X

Mon parti était pris: dussé-je vivre cent ans, j'aurais employé le reste de ma vie à percer le mystère.

Je passerai sur quelques détails qui cependant nécessitèrent de ma part un véritable travail. Oh! je ne reculai devant aucune fatigue.

Je sus d'abord quels étaient les deux gentlemen, amis de Golding.

L'un était le révérend Pfoster, qui édifiait ses chères brebis par ses prêches pleins de douceur et de charité. Je l'écoutai, comme jamais prédicateur ne fut écouté. Et, en vérité, c'était un habile parleur... mais que m'importe sa faconde ou son habileté? Je le suivis tout un jour, je le vis entrer dans la maison des pauvres et porter des secours aux malades. Je le vis, d'un pas calme et mesuré, parcourir les rues et saluer d'un signe de tête les enfants qui passaient. Mais ce que je vis aussi — et que me faisait tout le reste? — c'est qu'à six heures il quittait l'endroit où il se trouvait, quel qu'il fût, et que de son allure qui devenait alors saccadée — comme saccadé était le pas de Golding à six heures — il allait, sans s'arrêter, vers la maison de briques rougeâtres.

L'autre — le troisième — était un bon vivant. Sur mon âme, il fallait avoir l'esprit bien soupçonneux pour ne pas croire à la vertu de cet excellent homme, toujours souriant, passant sa vie au cercle, à table ou au jeu, aimant les jeunes gens et se mêlant volontiers aux parties que nos jeunes *flirters* organisent avec les blondes filles de l'Union. Comme il savait galamment — et avec quel sourire! — offrir son bras à la plus rose de nos adorables *misses*...

Oui, jusqu'à six heures!

Car — décidément — cette heure est fatale.

Elle sonne dans la vie de ces trois hommes comme tombe le battant sur la cloche de cuivre. Et leur âme tinte sous ce coup, et frissonne longtemps encore après que le son s'est éteint!

Comme je les tenais bien tous les trois! J'avais tracé autour d'eux un cercle cabalistique dont mon regard était le centre, dont leur vie était la circonférence. Je les voyais s'agiter. Je les *couvais* de l'oeil. Oh! ils m'appartenaient bien, et quelle jouissance j'éprouvais à me dire: Ils ne se doutent de rien.

J'étais dans leur ombre, dans l'air qui les environnait. Je surgissais auprès d'eux alors qu'ils ne soupçonnaient pas — et comment l'auraient-ils soupçonné? — que quelqu'un les épiait...

Je remarquai encore ceci.

Avant six heures ils ne se connaissaient pas. Feignaient-ils de ne pas se connaître? Je ne pourrais pas l'affirmer et, cependant, quand, plusieurs fois, je les vis se rencontrer, se croiser en se touchant du coude, ou se cédant mutuellement le pas sur un trottoir trop étroit, jamais je ne surpris — et il fallait qu'il fût *impossible* de rien surprendre — un regard, un clignement d'yeux.

À Golding, je parlai du révérend Pfoster, du joyeux Trabler (c'était le nom du troisième gentleman): pas un pli de son visage ne tressaillit, pas une fibre de son front ne s'agita... Une fois — oh! c'était hardi! — je lui demandai où il demeurait. Je crois, Dieu me damne! qu'il n'entendit pas d'abord ma question. J'insistai avec un sauvage plaisir. Lui, délibérément, me répondit: Là-bas, au *Black-Castle*.

Au château noir! c'était bien le nom de la maison de briques!

Et il continua de causer, comme si question et réponse eussent été des plus simples.

XI

Il n'y a plus à hésiter. Je ne peux plus vivre ainsi. Vingt fois déjà, j'ai passé la nuit au pied du Black-Castle. Vingt fois, j'ai entendu les mêmes voix poussant leurs hou! lugubres; vingt fois, à la même fenêtre, j'ai vu sautiller et s'obscurcir les mêmes lumières.

Et puis, j'ai revu, blanchâtre au bout de l'allée, la petite chapelle.

Tout mon être est surexcité. On ne pourra pas m'accuser d'impatience, de précipitation.

Demain! demain!

XII

Le Black-Castle se trouvait hors de la ville, à deux milles du dernier faubourg. Le parc était spacieux, trois routes se croisaient à l'entrée même de la propriété, puis s'unissaient en une seule, montant vers le nord.

Les trois autres côtés du parc — dont les murs formaient un parallélogramme — donnaient sur des terrains vagues, non cultivés, et, par conséquent, non peuplés.

J'y avais mis de la patience. J'avais apporté moi-même une échelle de corde, garnie de crampons en fer, et je l'avais enfouie au pied du mur d'enceinte. J'avais, bien entendu, constaté d'abord que l'entablement du mur présentait une saillie suffisante pour que mes crochets pussent s'y fixer aisément.

Autre détail important. Car je n'étais pas homme à rien négliger. Il n'y avait à l'intérieur ni jardinier ni chien de garde, — pas une créature vivante.

Une fois déjà, le matin, j'étais parvenu à regarder par-dessus la crête de la muraille, et au pied de la maison, j'avais aperçu une porte vermoulue, entr'ouverte et laissant entrevoir la première marche d'un escalier. Évidemment c'était un escalier de service, qui — *autrefois* — était destiné aux domestiques. Car il y a quelque dix ans, la maison appartenait à un gentleman du nom de Richardson, qui était mort subitement quatre mois après sa femme, et qui menait grand train, à ce qu'on m'avait assuré.

Toutes mes mesures étaient bien prises. J'avais une lanterne sourde qui se pouvait attacher à ma ceinture et dont l'ouverture — soigneusement entretenue — ne laissait échapper de lumière que tout juste ce qu'on voulait. J'avais d'abord pris un couteau; mais à quoi bon? Un couteau m'avait paru inutile et je l'avais rejeté.

Mes pieds étaient chaussés de souliers épais à semelles d'étoffe, ne faisant aucun bruit...

J'éprouvais un âpre plaisir à passer en revue mon arsenal d'investigateur. J'étais froid et calme! Au pied du mur j'attendais que six heures sonnassent, car je savais qu'il me restait tout le temps nécessaire pour être — *avant eux* — dans la maison.

Allons, l'heure est venue! L'échelle s'accroche au mur, la lanterne est à ma ceinture..., courage!

XIII

Je suis chez moi!... enfin!... je suis rentré en courant, en fuyant. Comment ai-je retrouvé ma route! il me semblait que j'étais entraîné dans un *rhombus* vertigineux. Ma tête éclate sous les coups de la harpie migraine. Confierai-je au papier ce que j'ai vu, ce que je sais! J'hésite, car je ne puis croire moi-même à la réalité de cette scène atroce. Et cependant cela *est*, j'étais bien éveillé, — oh! oui, bien éveillé. Maintenant le cauchemar danse dans mon cerveau, dont les parois plient sous cette sarabande comme un plancher mal lié. Étrange cauchemar, en vérité, n'étant que le souvenir d'un homme éveillé, et qui eût souhaité de dormir...

Où en étais-je resté? Ah! je sais... J'avais jeté l'échelle de corde sur le rebord du mur, et les crochets avaient trouvé leur point d'appui.

Je montai lentement, avec précaution. Puis, arrivé à la crête du mur, j'attirai l'échelle à moi, et je la suspendis, de telle sorte que je pusse descendre. Je faisais tout cela régulièrement, sans me hâter, car je savais que j'avais tout le temps nécessaire.

Je me trouvai dans le parc. C'était, ma foi, assez loin de la maison. Je traversai plusieurs allées, et je dus passer devant la petite chapelle blanche dont j'ai parlé... Là, inconsciemment, je me sentis *saisi* de nouveau par une impression indéfinissable... le *rayonnement* de ce monument affectait mes nerfs; mais je ne m'arrêtai pas. Je tendais à la petite porte que j'avais vue. Je l'eus bientôt atteinte. Je la poussai. Les gonds étaient rouillés, et, en tournant, la porte fit entendre comme un râle, dont l'écho se répercuta dans l'escalier. Car, je ne m'étais pas trompé, il y avait là un escalier. La lune s'était levée de bonne heure, ce soir-là. Et sa lueur blanchâtre, se heurtant contre le cadre de la porte, découpait sur les premières marches un rectangle éclatant. Au-dessus, l'obscurité..., une obscurité en quelque sorte *humide*. Il me semblait entendre la muraille et le bois des marches craquer sous le rongement de la moisissure, dont l'odeur âcre me prenait à la gorge.

Il y avait longtemps qu'on n'était passé par là. Mais—fait bizarre—par une sorte de révélation intuitive, il me sembla—d'où venait cette pensée qui s'imposait à mon esprit comme une certitude?—que c'était par là que l'*on était sorti*. Quand cela? Je n'aurais su le dire... Cependant j'aurais pu formuler ma préoccupation: *Quand s'étaient posés les termes du problème?*.

Je sentais—oui, c'était plutôt un sentiment (je dirais presque une sensation) qu'une idée—que la topographie du mystère cherché pouvait se tracer en un triangle, dont la chapelle eût été le sommet et dont la porte que je franchissais et la chambre que j'avais vue éclairée eussent été les deux autres angles.

Je m'engageai courageusement dans l'escalier. Nul bruit. J'entr'ouvris la lanterne que j'avais détachée de ma ceinture, et je montai. Mes pas ne faisaient aucun bruit. Je comptais les marches, machinalement, uniquement pour obéir au besoin qui me possédait de donner un aliment à mon attention.

Ai-je dit que la maison avait deux étages, sans compter un rez-de-chaussée et un sous-sol?

J'atteignis le premier étage. Là, je refermai ma lanterne, car une ouverture ménagée dans la muraille permettait à la lune d'éclairer le palier. Je vis une porte à ma droite. Évidemment elle donnait accès dans les appartements. Cependant je m'arrêtai un moment, et je réfléchis.

La fenêtre que j'avais vue éclairée était la troisième, à partir du côté de la maison regardant le parc. Donc il y avait, de l'autre côté de cette porte — qui était là devant moi — une ou deux pièces, éclairées par les deux fenêtres sombres. De plus, sur ces deux fenêtres, je n'avais remarqué aucun reflet de lumière, si léger qu'il fût. Donc, il n'existait pas de communication directe, *patente*, entre ces pièces et celle que je voulais surveiller.

Ceci me décida. Je cherchai la serrure. Elle s'ouvrait au moyen de ces *becs de canne* si fréquents dans nos vieilles maisons. Je posai la main dessus et je poussai.

La porte résista. Évidemment elle était fermée en dedans. Mais comment? je craignis alors d'avoir commencé trop tard et de n'avoir pas le temps de prendre toutes mes dispositions avant l'arrivée de mes hommes.

Il fallait d'abord savoir si la porte était fermée par un double tour ou par tout autre moyen. Il y avait une serrure: je soufflai vigoureusement par le trou, et j'acquis la certitude que la clef n'était pas en dedans. Alors, j'ouvris de nouveau le bec de canne, et appliquant en même temps mon épaule à la hauteur de la serrure, j'appuyai de tout mon effort. Je remarquai alors que la porte cédait dans cette partie depuis le sol. C'est-à-dire qu'il n'y avait pas de double pêne, mais qu'un verrou *au-dessus* de la serrure retenait la porte à l'intérieur.

Oh! je ne fus pas long à avoir raison du verrou. J'avais pris mes précautions. J'introduisis un petit ciseau *ad hoc* dans la rainure de la porte, et lorsque j'eus trouvé exactement la place où était ce verrou, je fis pénétrer mon ciseau de façon à ce qu'il touchât le plat du verrou; et, alors, par une série de petits mouvements, faisant levier, je repoussai le verrou dans sa gâche. Je n'étais pas fatigué; car ce travail n'avait exigé aucun effort, et cependant mon front ruisselait de sueur.

Mais courage! Je ne suis pas ici pour m'arrêter à des détails de cette nature. Je pousse la porte lentement. Car je crains encore que les gonds ne soient rouillés. Au contraire, ils glissent comme s'ils étaient posés sur une rondelle de velours.

Où suis-je? l'obscurité est profonde. Ah! ma lanterne. C'est une vaste pièce, toute revêtue de vieux chêne, sombre et noir. Deux fenêtres. Ceci me rassure. Je n'ai pas besoin d'aller plus loin. Mais, avant tout, une précaution. Comment pénètre-t-on de cette pièce dans celle qui se trouve plus loin. Je promène ma lanterne sur la muraille. Nulle ouverture visible, pas de porte. C'est étrange, en vérité.

Voyons l'ameublement. Auprès de la porte par laquelle je suis entré, une alcôve, un lit de chêne, vieille forme, à baldaquin. Des rideaux en tapisserie, avec une *chasse* qui court et grimace. Le lit est défait. Comment cela? *Quelqu'un* couche-t-il donc ici? Mais non. Je les soulève, et la poussière forme une raie brune justement à l'endroit où ils se séparent.

Personne ne couche là, *actuellement*. La chose est claire. Mais pourquoi ce lit n'a-t-il pas été remis en état? et depuis combien de temps?

Depuis combien de temps Golding et ses *amis* se réunissent-ils *là*? Il me semble que ces deux circonstances doivent se rattacher l'une à l'autre.

Procédons rapidement à notre examen.

En face de la porte par laquelle je suis entré, un immense bahut de chêne. Ah! il est plus haut que cette porte. Qui me dit qu'il n'a pas été placé là exprès pour condamner l'issue que je cherche? Il faudra que je trouve le moyen de vérifier cette supposition. Les fenêtres? fermées d'épais volets, recouverts de rideaux en tapisserie. Bien. Quelques chaises, des escabeaux. Un bureau dans un coin, et c'est tout. De la poussière, beaucoup de poussière. On n'entre jamais ici. Ceci ne fait plus de doute.

Mais j'entends du bruit. Oui, c'est bien la grille du parc qui tourne et grince. Pas un moment à perdre. Je vais à la porte, je la referme, je pousse le verrou, puis je tourne le ressort de ma lanterne. Plus rien, plus une lueur. Je suis seul, nul ne sait que je suis ici. Oh! comme il fait sombre!

XIV

Tout à coup une pensée traverse mon esprit.

Triple sot que je suis! Comment n'ai-je pas songé à cela? Je ne *verrai* pas ce qui va se passer à côté. Et je suis venu pour *voir*. Certes j'entendrai mieux. Quoi? des cris, peut-être des mots entrecoupés. Cela ne me suffit pas. Ô stupide! trois fois stupide! Et je n'ai pas une vrille avec laquelle je puisse percer ce mur maudit.

Voilà que je les entends. Parbleu! Ils sont entrés, ils sont là à côté. Je bous d'impatience, je me ronge les poings...

Qu'est ceci? Voilà que j'aperçois au-dessus de ma tête — dans cette obscurité — comme un trait — mince, mince — de lumière qui perce les ténèbres et qui va s'écraser sur le plafond. Cela, juste au-dessus du bahut de chêne. Ô joie d'enfer, comme en éprouveraient les damnés de la Géhenne à voir poindre un rayonnement du ciel.

Il y a là une ouverture!

Il s'agit d'y parvenir sans bruit.

Sans bruit, ce n'est pas facile. Oh! si vous m'aviez vu alors ramper sur le sol, atteindre une chaise, la soulever des quatre pieds à la fois, en retenant mon souffle, craignant d'entendre un de mes os craquer, tremblant que ma respiration elle-même ne me trahît... Je l'ai cette chaise, je la porte... comment puis-je dire que je la porte?... je la fais glisser dans l'air, tandis que je me traîne sur les genoux, et cela si lentement, *félinement*, qu'un oiseau ne m'entendrait même pas... Enfin, elle est auprès du bahut. Maintenant, un escabeau. Le voilà, il faut le mettre sur la chaise. Le pourrai-je? Cette *contention* de silence m'oppresse et me grise. J'ai envie de crier à toute voix: N'est-ce pas que je ne fais pas de bruit! Et quand je le tiens, quand il est suspendu à la force de mon poignet au-dessus de la chaise, comment le poser sans que le contact du bois ne produise un son? jamais médecin, dosant un poison, n'employa plus de précautions que je n'en mis à cette oeuvre d'extra-délicatesse.

Mon échafaudage est prêt. Maintenant, il faut que je me hisse dessus. Moi-même. Que n'ai-je là, près de moi, quelque poigne géante qui me saisisse et m'enlève dans l'air. Et si cela n'était pas solide! Si le tout allait glisser avec fracas! Non que j'aie peur. Sur mon salut éternel, je donnerais un membre pour mener cette entreprise à bien. Voyons. Je me dresse sur mes pieds. Je suis sûr de n'avoir pas fait de bruit.

Je m'accroche solidement par les poignets au sommet de l'escabeau. Mon poids le maintiendra. Mais mes mains seront-elles assez vigoureuses pour me soulever tout entier? Il me semble que mes muscles se raidissent comme des cordes de fer... un effort... encore un... encore un autre. Un de mes genoux se pose sur l'escabeau, puis l'autre. Rien n'a frémi, le bois n'a pas frissonné! Je ne tremble pas non plus, moi. Je sens, je sais qu'il faut commander à ces mouvements involontaires. Je suis debout sur l'escabeau.

Maintenant ce n'est rien. Le sommet du bahut n'est pas élevé, et puis le vieux meuble est solide... j'y suis, à genoux. Je découvre l'ouverture qui laisse passer le rayon de lumière. C'est grand comme un dollar, tout au plus. Et au moment où j'y applique mon oeil, un premier cri se fait entendre dans la pièce à côté... Un hou! qui sanglote et traîne comme un glapissement de chacal...

... Singulière position que la mienne. J'étais juché sur le haut du bahut, le dos à demi courbé, l'oeil appliqué à l'ouverture lumineuse... je regardai.

Avez-vous jamais vu sur un toit, le soir, au clair de la lune, alors que tout est silencieux, trois matous efflanqués, le dos en pointe, le poil hérissé, fichés sur leurs pattes comme si elles étaient rivées..., et *ronronnant* de ce *ronron* lent, plein et plaintif, qui implique colère et préparation à la lutte?...

En vérité, je ne saurais trouver de meilleure comparaison. Ils étaient ainsi tous les trois, Golding, le révérend Pfoster et Trabler le guilleret...

La pièce où ils se trouvaient avait deux portes, faisant face à mon mur. Pfoster était debout, adossé à l'une; Trabler, debout, adossé à l'autre. Au milieu, sur une chaise, Golding, les yeux fixés sur eux. Tous trois, à demi repliés sur eux-mêmes, faisant gros dos, oui, c'est bien cela, comme les matous. Ah! ah! j'en ris encore, tant leur aspect était grotesque.

Mais ce qui n'était point grotesque, et refoulait le rire dans la gorge, c'était l'expression de leurs visages. Ils n'étaient point pâles: non, ce n'était pas là de la lividité. Il semblait que leurs joues, leurs fronts fussent devenus exsangues... les yeux s'étaient renfoncés dans l'orbite, les lèvres contractées dans un rictus atroce, comme si des doigts se fussent appuyés sur les coins en les étirant...

Masques de mort et de terreur!

Je ne voyais Golding que de trois quarts. Seul des trois, il remuait la tête... c'était pour regarder les deux *autres* successivement ou plutôt simultanément... je dis simultanément, car son cou se mouvait avec une telle rapidité qu'il ne s'écoulait pas un dixième — pas un millième de seconde — entre les regards qu'il leur lançait à l'un et à l'autre...

Je ne puis mieux rendre ce qui se passait qu'en disant: Les deux hommes *veillaient* sur Golding, Golding *veillait* sur eux. Et, sur mon âme, c'était une active surveillance. Pas un mouvement, pas un froncement de sourcils, pas un plissement de front ne pouvait échapper aux uns ni aux autres. Ils se *tenaient* par le regard, et, des yeux de chacun, s'échappaient des rayons formant un filet dont les mailles impalpables enserraient les deux autres.

Puis ce cri... écho d'une fureur concentrée qui bouillait dans leurs poitrines. De près, ce cri était rauque, il *grattait*. Il s'échappait comme involontairement de leur gosier contracté... puis peu à peu il se faisait plus clair, plus net, et à mesure que la clameur s'élevait, les yeux se faisaient plus ardents... Les mains! Ah! je ne les avais pas remarquées. Pfoster et Trabler tenaient leurs doigts crispés contre les portes qu'ils défendaient de leurs corps. Leurs ongles semblaient des crocs qui mordaient le bois.

Golding tenait son siège à poignée, comme s'il eût voulu prendre un point d'appui ou qu'il eût craint que la chaise ne s'échappât tout à coup...

Et les cris prenaient une intensité de plus en plus grande, et les trois cous se tendaient l'un vers l'autre et les six yeux dardaient — plus perçants — leurs regards qui se croisaient. Je ne pus m'empêcher de penser à ces rayons solaires que les enfants concentrent au moyen d'une lentille convexe. Si quelque matière inflammable — de l'amadou, par exemple — se fût trouvée au point d'intersection de ces trois regards — au foyer — l'amadou aurait pris feu...

Le temps s'écoulait, et, sur ma parole, je ne me sentais point fatigué. J'attendais...

XV

Tout à coup Golding fit un mouvement brusque, comme s'il eût voulu s'élancer... par le même choc, les deux autres s'*aplatirent* contre les portes, les bras en croix, comme ces barres de fer qui défendent la nuit les devantures des boutiques... mais ce n'était là qu'une fausse alerte. L'immobilité recommença et avec elle les cris dont le diapason s'élevait, et qui — à leur première expression de terreur — joignaient maintenant la tonalité de la menace. Le conflit était proche.

XVI

Comment cela s'est-il fait? je n'en sais rien, il y a eu *instantanéité*. Je n'ai rien vu, et pourtant je regardais... oh! de toute la concentration de mes organes visuels...

Voilà qu'au milieu de la pièce est une masse noire qui se roule, se tourne, grince, hurle, bondit, se sépare, se brise, se rejoint... ce sont mes trois hommes qui semblent faire une seule bête monstrueuse, à je ne sais plus combien de bras ou de jambes. Les têtes se heurtent, les bras s'entrelacent, les jambes se croisent... tout cela veut se dresser, mais tout cela retombe...

Les voilà debout tous les trois. Grappe humaine. Ils se sont tus un instant. Un immense effort raidit ces muscles et ces nerfs... Ah! je vois, chacun d'eux *tend* à la porte et s'oppose à ce que les deux autres y parviennent.

En voilà un qui s'échappe! C'est Golding. Par un coup habile, il s'est dégagé de ses adversaires, il bondit vers la sortie. Ah! ouiche! voici les deux autres qui s'attachent à ses jambes, à ses épaules... Ils se roulent sur le parquet, ils écument. Leurs corps frappent à plein dos le parquet, qui résonne sourdement sous le choc. Et ils ont recommencé à crier. C'est une lutte horrible. Quelque chose de démoniaque. Un cauchemar. Parfois une tête disparaît, puis on la voit qui se glisse entre deux corps, l'oeil est atone, la langue pend... il y a presque strangulation. Mais, qu'importe! le lutteur retrouve toute sa vigueur et rend coup pour coup. S'ils crient, ce n'est pas de douleur! Non, c'est la rage qui s'exhale de ces poitrines meurtrières...

À ce moment, Golding, — c'était bien lui! se dégagea et s'élança... où cela?

Contre la porte que je ne pouvais pas voir et qui donnait accès dans la pièce où je me trouvais, porte qui, on s'en souvient, était obstruée par le bahut sur lequel j'avais dû me percher... Ces hommes qui n'avaient pas prononcé une seule parole, semblent retrouver la voix:

— Tu n'iras pas seul, hurlent-ils.

Et ils s'élancent sur Golding. La porte s'ébranle, elle s'ouvre. Les voilà derrière le bahut, qui s'arc-boutent de leurs épaules... tous trois. Le poids est lourd, formidable, mais deux fois déjà le bahut s'est écarté de la cloison, et j'ai vu — oh! bien vu — leurs fronts pâles et leurs yeux hagards... leurs yeux surtout, avec des lueurs sinistres...

J'ai eu peur! Eh bien! après? Il m'a semblé que je sentais dans mes entrailles ces ongles qui labouraient tout à l'heure les portes. J'ai bondi en bas du meuble... ma lanterne tombe dans le choc. Où est-elle? Je ne puis songer à la retrouver. Vite! le verrou!

Malédiction! pourquoi l'ai-je fermé? je ne puis le retrouver... Le bahut s'ébranle, recule, il laisse passer une lueur, une traînée, et dans ce reflet, je vois déjà un bras qui passe... Oh! s'il me tenait!

Ah! ce verrou, le voilà. Il résiste, je suis si troublé... je l'ouvre! je saute dans l'escalier. Au même instant, le bahut se renverse avec un bruit épouvantable... ils ont entendu quelque chose. J'entends leurs voix:

— Il est là! Il est là!

Qui? *Il?* de qui veulent-ils parler? Après tout, peu m'importe. J'ai l'avance, n'est-il pas vrai? Mais ils vont vite; au moment où j'arrive en bas de l'escalier, je les entends qui roulent le long des marches... Par où m'en irai-je? Par le diable! Je n'ai plus mon échelle de corde!

Je cours à travers le parc.

Ils m'ont vu... et les trois démons s'élancent à ma poursuite. Oh! quelle course! Et il n'y a qu'un quart de mille. Je ne touchais pas terre... si j'avais pu me jeter de côté dans quelque fourré. Mais la lune tombe en plein sur le parc. Mon ombre me trahirait partout et toujours. Comme je fuis vite! Mais ils ne sont plus qu'à dix yards de moi, je passe devant la chapelle blanche... Voici le mur.

Oh! alors, des ongles, des mains, des pieds, des dents, des genoux... comment? avec quoi? je n'en sais rien... mais il le faut... cela sera... cela est... j'ai gravi le mur...

À cheval sur le faîte, en dépit du danger, la curiosité est la plus forte. Je regarde dans le parc...

Par l'enfer! qu'est-ce ceci? Ils ne sont pas venus jusqu'au mur... non, je les vois devant la chapelle... je *les* vois, non, je revois cette masse informe, grouillante, qui lutte, se mêle, s'écarte, se resserre... et qui crie! oh! quels cris!

Ils ne sont pas allés plus loin. Qui sait? Ils n'ont pas *pu* aller plus loin!

Mais je suis énervé, à demi fou, rompu, exténué...

Et je ne sais comment je suis revenu chez moi.

XVII

Si je pouvais dormir! Mais non, mon lit est plus dur que la pierre d'un tombeau. Je ne puis trouver une position qui me plaise. Les plis de mon drap me semblent les doigts de ces hommes qui cherchent à m'étreindre... leurs cris bourdonnent dans mon oreille. Hou! Hou! c'est un bruissement sans fin, comme les vagues d'une mer qui battrait le pied de ma maison... Et leurs pas! Oui, je les entends encore... Ce ne sont plus les pas de trois hommes, mais de centaines d'hommes, et tout cela piétine dans mon cerveau...

Non! non! est-ce bien là ce que j'entends? Puis-je donc entendre autre chose? Allons! dormons! La vague bat toujours ma maison...

Mais non! par le ciel! ce n'est pas un rêve! Non, je ne... Au feu! au feu! *Fire! fire!*

Et les pas des *firemen* courant dans Broadway et les roues des pompes à vapeur qui broient le pavé, et les cris des hommes qui s'appellent et s'excitent.

Cette fièvre répond à ma fièvre! Que m'importe après tout, le feu? On brûle tous les jours ici. Pourquoi ce cri: *Fire!* va-t-il droit à mon cerveau comme une pointe?

Si... mais ce n'est pas possible. Et pourtant! je n'y puis tenir. Allons! je ne dormirai pas cette nuit. Je voudrais rester calme que je ne le pourrais pas. Je suis descendu. J'accoste un passant. «—Où l'incendie?—À Black-Castle.»—À *Black-Castle!* sur mon âme, j'ai bien entendu...

Et je m'élance vers le château noir!

XVIII

Vous pouvez me croire sur parole. Je ne fus pas long à atteindre le Black-Castle. Et, en vérité, c'était un admirable spectacle. Le bâtiment n'était plus qu'une fournaise. La lune s'était couchée, et la lueur rouge se réfléchissait sur le ciel noir. Les quatre murailles étaient debout, l'intérieur seul brûlait, et les fenêtres semblaient autant d'yeux, clignotant de flammes et de fumée. C'était l'immense craquement d'un vaisseau soulevé par la tempête.

La foule avait forcé la grille du parc et se tenait inquiète, curieuse, à quelque distance du bâtiment incendié... Les gerbes d'eau s'élançaient des pompes en panaches blanchâtres et retombaient sur cette masse qui grésillait.

Mais les hommes! Golding et ses compagnons! Je ne restai pas longtemps dans l'incertitude. Je les aperçus tous trois sur le sommet du bâtiment... ombres noires comme celles des démons, se détachant dans la clarté brillante comme les découpures d'un théâtre de marionnettes, sur le fond lumineux de la toile. Là, encore, ils semblaient lutter: ce que nul ne comprenait, je le devinais, *moi seul*. Ils se poursuivaient, se frappaient, s'accrochaient l'un à l'autre, sans chercher à s'échapper, mais veillant à ce qu'aucun d'eux ne s'échappât.

Cependant une forte prime avait été offerte à qui les sauverait. Je ne me rappelle pas bien le chiffre, je crois que c'était deux cents dollars.

Quelqu'un se dévouerait-il? Si je tentais moi-même ce sauvetage impossible! non pour la misérable prime; sur mon âme, j'aurais donné le quintuple pour qu'ils fussent sains et saufs, car avec eux le problème m'échappait. Et je ne savais rien. Cette pensée me torturait, je me déchirais la poitrine avec mes ongles. Et la flamme montait, montait. Parfois les trois hommes disparaissaient derrière un voile de feu et de fumée. Alors il me semblait qu'ils m'échappaient et, malgré moi, je laissais échapper un cri de douleur.

Tout à coup j'entendis un fracas épouvantable. Malédiction! ce fut un effondrement, un écroulement au milieu des clameurs; des gerbes tourbillonnantes s'élancèrent vers le ciel, puis des milliers de paillettes étincelantes. Et le cri des travailleurs, s'excitant les uns les autres! et le bruissement de l'eau tombant sur les charpentes embrasées!

Puis, quelque chose me frappa au front. Je chancelai, étourdi. Je voulus résister à cette force inerte qui m'entraînait. Mais il me sembla que mon cerveau se faisait de plomb, des lueurs rouges scintillèrent devant mes yeux, mes jambes titubèrent comme celles d'un homme ivre...

Je tombai: mais, au moment même où je touchais la terre, inerte, perdant le sentiment et la pensée, il me sembla percevoir, dans mon oreille, par un dernier ébranlement d'un sens engourdi, ce mot répété par mille voix: Sauvé! sauvé!

Sauvé! Qui donc?

XIX

Un éclat de bois m'avait frappé à la tête. Rien que de très simple, en vérité. On me transporta chez moi. Je restai de longues heures évanoui, dans cet état mixte qui n'est ni la vie ni la mort: catalepsie modifiée par la sensibilité; impuissance de motion. Perceptions vagues, comme si toutes sensations, avant de parvenir jusqu'à moi, étaient tamisées à travers un épais tissu... puis des monotonies bruissantes qui fatiguent l'oreille et les yeux; des cercles lumineux, larges d'abord, puis se rétrécissant jusqu'à former une sorte de pointe vrillée qui paraît prête à perforer les pupilles; des bruits *pâteux*, comme produits par un marteau de liège frappant sur une enclume rembourrée...

Étranges effets, en vérité, que ceux de ces perceptions anormales, auxquelles manque essentiellement la netteté.

La pensée elle-même semble un écheveau inextricable dont, instinctivement, vous cherchez incessamment le bout. Tout cela se mêle. C'est une toile d'araignée, dans laquelle l'idée a les pattes saisies, qu'elle veut secouer et où elle s'embourbe... et cet autre bruit de cymbales étouffées, pareil à celui que produit un coquillage de mer appliqué hermétiquement sur l'oreille!

La fièvre travaille le cerveau, et construit, avec des matériaux arrachés à quelque kaléidoscope inconnu, des arabesques étranges... puis c'est un drame qui se joue entre les parois du crâne, les personnages ont des proportions colossales et vous craignez qu'ils ne se brisent la tête au plafond, qui est votre crâne. Ou bien, ils se rabougrissent si petits, si petits, que vous avez peur qu'ils ne se glissent dans les labyrinthes de vos nerfs et de vos muscles. Parfois ils parlent si bas, que vous êtes obligé de concentrer toute votre attention pour saisir leurs paroles: d'autres fois, leur voix est puissante et a des éclats de trompette...

Pendant que le marteau de liège frappe toujours sur son enclume de soie, que les cercles tournent devant vos yeux avec une rapidité vertigineuse, que les cymbales étouffées semblent broyer une impalpable poudre d'acier sonore.

Un matin — il y avait bien longtemps que j'avais perdu la notion du temps — j'entendis des pas auprès de mon lit. Oui, c'étaient bien des pas. J'avais souvent perçu ce bruit, mais jusque-là il m'avait semblé que c'était le choc d'un moulin dans l'eau. Cette fois je sus que c'étaient des pas.

J'ouvris les yeux et je vis une figure devant moi, placide et souriante.
Je reconnus le docteur Gresham.

— Eh bien! me demanda-t-il, comment vous trouvez-vous?

— Je me retrouve, lui dis-je.

En effet, il me parut que j'opérais ma rentrée dans un monde quitté depuis longtemps, et que je reprenais la *perception* d'un *moi* que j'avais oublié. J'appris alors que pendant tout un long mois j'avais été entre la vie et la mort. Cette expression me paraît juste. Oui, j'étais réellement à égale distance de ces deux états, qui sont l'un et l'autre une plénitude. Je ne vivais pas, car je ne savais pas. Je n'étais pas mort, puisque je n'avais pas le repos. C'est bien cela. Entre les deux. La vie me jetait des échos dans le demi-silence au delà duquel m'entraînait la mort.

Foin de la force humaine! Un méchant éclat de bois suffit à détraquer l'organisme, et de cette pensée dont nous sommes si fiers, un pauvre petit choc a si vite raison!

Je ne mourus pas.

Mais pourquoi avait-on appelé auprès de moi le docteur Gresham? Ce fut la première idée qui traversa mon esprit. Ce n'est pas un médecin ordinaire que le docteur Gresham. Voyons! rappelons-nous donc quelle est sa spécialité? Cet effort me fatigue, mais peu importe! il faut que je me souvienne.

Et pendant l'abattement qui succède à ce premier effort de la vitalité renaissante, je *rumine* cette question! Qu'est-ce que le docteur Gresham?

Ah! voilà, je me souviens! malédiction! Est-ce que?... moi, allons donc, ce n'est pas possible. Je suis trop maître de ma pensée pour qu'elle ait pu m'échapper à ce point...

Et pourtant, c'est bien vrai. Oui, oui, je ne me trompe pas. Mes souvenirs se réveillent avec l'exactitude la plus saine.

Le docteur Gresham est le MÉDECIN DES FOUS!

XX

C'est qu'en vérité, ils me croient fou. Il n'y a pas à s'y méprendre. La chose est grotesque, sur mon âme!

Ah! ah! voyez donc ce bon visage de ma garde-malade qui ne s'approche de mon lit qu'avec hésitation, comme si elle avait peur d'être mordue. Et cet excellent docteur! Comme il a bien ce sourire railleur, qui peint la supériorité de l'homme *raisonnable* sur le fou. Non, sérieusement, ils m'amusent. Ils font tout ce qui est en leur pouvoir pour ne pas *m'irriter*. Non seulement, ils me croient fou, mais dangereux. Qui sait? Pourquoi pas hydrophobe?

Mais *pourquoi* me croient-ils fou? Je n'en sais réellement rien. J'y songe. Peut-être suis-je vraiment fou *pour eux*. Pour les intelligences qui se sont arrêtées à la moyenne du développement, ceux-là sont fous dont les sens ont atteint une *hyperacuité* qui les étonne. Je suis au-dessus du niveau commun: donc pour eux je suis fou.

Qu'est-ce que la folie, en effet? Sinon la *perception* de l'inconnu, la *pénétration* dans un monde dont les cerveaux obtus n'ont pas la compréhension. Le fer rouge paraît fou au fer noir. Et cependant, il n'est rouge que parce qu'il s'est assimilé des atomes de calorique dont le fer noir est dénué. Mes organes cérébraux sont *ultra-échauffés*, et leur rayonnement étonne, effraie les cerveaux froids. La folie est encore la *spécialisation*. Tandis que l'organe de l'homme *sensé* (à ce qu'ils prétendent) dispense ses forces actives sur cent points qu'il touche à peine, le cerveau du *fou* (cette appellation est burlesque) sait concentrer toute sa vitalité sur un centre unique. Ce qu'ils nomment *monomanie* n'est que la *spécialisation* des facultés pensantes en une étude particulière. C'est un développement *extra-humain* de la puissance analytique. Pourquoi les *analystes* traitent-ils de fous les *synthétistes*?

Et cet homme, non seulement prétend que je suis fou, mais encore il a l'audace ridicule (ridicule, car j'en ris, sur mon âme!) de vouloir me guérir. Qu'entend-il par ce mot, me guérir, sinon m'amoindrir? sinon éteindre en moi cette *superfaculté* qui est à la fois ma vie et mon orgueil.

Les détromperai-je? Leur prouverai-je que je suis plus sain d'esprit qu'ils ne le sont eux-mêmes? Non seulement plus sain, mais encore doué d'une santé absolue, tendant à la perfection même par le développement de l'organe. Cela dépend. Si fou que je sois, je n'ai pas perdu la mémoire; et je me souviens que les protestations ne font le plus souvent que les rendre plus entêtés dans leurs idées. Et puis à quel degré me croient-ils arrivé? Suis-je dans la période croissante ou au contraire en voie de guérison?

J'attendrai, et je rirai à mon aise, *en dedans*, de l'ignorance de la science. Et quand, de son air docte, le médecin aura déclaré que je suis guéri, j'éclaterai de rire, et je lui crierai:

—Imbécile, qui ne sait pas que le *delirium tremens* n'est qu'une combustion.

XXI

Non, je ne dirai rien. Oh! j'y suis bien décidé maintenant. Il était temps que j'apprisse cela. Car la vérité m'oppressait. J'étais tenté de crier «Je ne suis pas fou!» Mais aujourd'hui je veux, je veux, entendez-vous, qu'on me croie fou. Je veux qu'on me transporte au *Lunatic Asylum*... car, tout à l'heure, pendant qu'il causait, tandis qu'il croyait que le *fou* ne pouvait l'entendre, il a dit... oh! j'ai bien *entendu*, plutôt ne pas entendre, dans ma tombe, la trompette au jour du jugement—il a dit que Golding avait été sauvé, *seul*, et qu'il était fou...

XXII

J'ai manoeuvré; et, de fait, ce n'a pas été très difficile. Je n'ai eu qu'à me montrer tel que je suis réellement; ils se sont persuadés de plus en plus que j'étais fou. J'ai tremblé un instant qu'on ne voulût, en ma qualité d'homme riche, me soigner chez moi. Par bonheur, l'avarice du docteur Gresham a été plus forte que les remontrances de mes amis. L'honnête homme préfère m'avoir sous sa main, pour mieux m'exploiter. En vérité, je ne puis lui en faire un crime; car pour quelques centaines de dollars de plus que je dépenserai, j'aurai du moins obtenu ce que je désire depuis si longtemps.

Enfin, je ne suis plus si faible, et je puis être transporté. Oh! quelles précautions sont prises! On veille sur moi comme sur un enfant terrible. Si j'allais m'échapper! Si ma folie allait prendre tout à coup un caractère violent! On s'efforce de m'amadouer. On me parle d'une promenade à la campagne, dans le but—l'unique but—de réparer mes forces. Comme ils auraient peur, s'ils pouvaient se douter que je sais tout, que je n'ignore point que c'est à l'hôpital des fous qu'on me conduit. Imbéciles! je vous laisse jouer devant mes yeux votre ridicule comédie, parce qu'il me plaît—à moi—d'aller à votre hôpital. J'y vais parce qu'il me convient d'y aller, entendez-vous bien! N'ont-ils pas discuté entre eux tout bas — mais j'entends tout — s'il n'y avait pas lieu de m'attacher les bras dans leur vêtement infâme? Par bonheur, ils ont renoncé à ce gracieux projet. Je dis, par bonheur, car je me serais peut-être trahi.

Nous voilà partis... Qu'est ceci? je rencontre sur mon passage des voisins qui gémissent et se détournent pour pleurer. Ah! ah! quand je disais que tout cela était du pur grotesque! Pleurez, pleurez, tandis que mon âme, à moi, rit à gorge déployée.

On s'est arrêté devant le *Lunatic Asylum*. J'ai feint de ne pas m'en apercevoir. Il me tarde que toutes ces formalités préliminaires soient accomplies. Voici: nous passons sous des voûtes, dans une espèce de greffe; le sous-directeur, un gros homme réjoui, vient me recevoir des mains du tout-puissant directeur, docteur Gresham. Un clignement d'yeux est adressé au docteur par ce personnage. Il signifie — cela est aussi clair que si les mots étaient prononcés: — Ah! c'est là cet excellent client! Car je suis accueilli avec tous les égards que l'on doit à une *bonne affaire*. Je représente un capital de... auquel d'habiles saignées devront être pratiquées. Donc, je suis respectable au plus haut point.

Le sous-directeur daigne me conduire lui-même à mon appartement. J'ai un appartement, s'il vous plaît, dans le pavillon le plus élégant, une chambre à coucher, un parloir et un cabinet. Ah! ce cabinet m'a fait une fâcheuse impression. C'est là que sont disposés — comme des instruments de torture — les appareils hydrothérapiques. Les douches glacées! Bast! puisque je suis fou. J'ai des fenêtres grillées, qui donnent sur un magnifique jardin... à peine entré, j'y jette un coup d'oeil...

J'aperçois un homme qui se promène, seul, la tête penchée.

— Ah! me dit le domestique, voilà votre voisin qui fait son petit tour.

Dieux du ciel! vous l'avez entendu. Cet homme a parlé! il a dit: «Votre voisin!» Oh! béni soit-il, et que ces mots me récompensent déjà de tout ce que j'ai souffert et de tout ce que je souffrirai peut-être! Mon voisin! cet homme! il a dit cela, tout simplement, sans y songer, sans comprendre que tout mon être dût frissonner de joie.

C'est qu'aussi il ne sait rien, il ne peut rien savoir! Que ne lui donnerais-je pas pour payer ces quelques mots!

Cet homme, c'est Golding.

On m'a laissé seul un instant; je me suis accoudé à la fenêtre. Je *le* regarde qui marche, qui monte une allée, puis la redescend. Il n'est pas changé, sur ma parole. Oh! comme je le remercierais de n'être pas mort! car c'est alors peut-être que je serais devenu fou, si la possibilité d'éclaircir ce mystère m'avait échappé par la destruction du sujet lui-même. Au lieu de cela, je suis là, à quelques pieds de lui, je le couve du regard, il ne pourra pas m'échapper, car lui est fou, bien fou, n'est-il pas vrai? Les grilles sont solides et les verrous sont sûrs! Pourvu qu'on le garde bien! Les fous ont des façons de se faufiler dont il est bon de se défier. J'en parlerai à Gresham...

XXIII

Je suis descendu dans le parc, afin de prendre l'air. Le docteur Gresham est venu me rejoindre. C'est maintenant qu'il faut user d'habileté. Il m'a pris le bras et a fait avec moi un tour de promenade. Il paraît très satisfait de ma docilité. Il me parle doucement, comme on fait à un enfant qu'on ne veut pas irriter. Je ne lui adresse pas une seule question. Je me contente de répondre par des monosyllabes. Je tiens les yeux à demi fermés, je ne veux pas qu'il lise ce qui se passe en moi... Tenez, voilà justement que nous sommes dans l'allée où marche Golding. Oh! je voudrais presser ma poitrine de mes deux mains pour empêcher mon coeur de battre aussi fort. Je suis sûr que je pâlis. Mais non. De la force, il faut qu'il ne se doute de rien...

Golding nous a vus. Il s'est arrêté. Sur mon âme, il m'a reconnu. Il vient à moi, mains ouvertes. Que ne puis-je saisir ces mains et l'entraîner, lui, dans un endroit où il m'appartiendrait, à moi seul, où je pourrais promener le scalpel de mon observation dans ce cerveau, qui contient *mon* secret... Dois-je le reconnaître, moi? Oui, en vérité.

Le docteur paraît enchanté de cette rencontre, dont il me semble augurer les meilleurs résultats. J'entends vaguement ce que me dit Golding; il a appris mon accident, il a su ma maladie, il a pris la plus grande part à mes souffrances... Je réponds avec politesse; puis, tout à coup, je le regarde bien en face. D'un regard dont j'avais ménagé la force, je plonge dans ses yeux, et j'y vois — je ne me trompe pas — une immense satisfaction, un épanouissement de joyeuse placidité.

Si cet homme est fou — et je n'en crois rien — du moins cette folie est-elle doublée d'une joie intime dont seul je puis mesurer l'intensité... mais je reprendrai cet examen plus tard. Il ne faut pas qu'on s'aperçoive de mes découvertes, et à partir de cette minute je *travaillerai* si profondément mon Golding, que pas une des fibres de son être n'échappera à mon attention.

Golding m'a adressé une question. Laquelle? Toutes mes facultés étaient concentrées dans mon organe visuel, alors que je plongeais dans ses yeux, — fenêtres de son âme — je n'ai pas entendu. « — Veuillez répéter, je vous prie. — Vous savez jouer aux échecs? En effet? Eh bien! si monsieur le directeur le permet, nous pouvons faire quelques *matches*. — Volontiers!»

Le docteur Gresham est de bonne composition. Que lui importe après tout? Seulement il se fait tard aujourd'hui. M. Golding doit être fatigué. À demain, cela vaut mieux. À demain soir. Et nous nous séparons, et quand je serre la main à Golding, il semble que ce soit une prise de possession de cet être qui m'appartient comme le cadavre à l'anatomiste.

XXIV

Étant donné l'être humain, doué d'une force énorme de volonté — c'est mon cas — peut-on s'isoler du *relatif*, au point de se concentrer tout entier dans un *absolu* choisi, voulu, délimité par la volonté même? Puis-je arriver à *m'abstraire* de tout ce qui n'est pas Golding, pour diriger sur lui seul toutes les forces de mes facultés et de mes sens? Il faut qu'à partir d'aujourd'hui la machine entière devienne insensible à tout et pour tout et que tous ses ressorts soient continuellement, à l'état de veille comme à l'état de sommeil, tendus vers ce but unique, qui devient mon *absolu*.

Ainsi Golding est là, de l'autre côté de la muraille. En rentrant dans ma chambre, je l'ai vu ouvrir sa porte, et, d'un coup d'oeil rapide, j'ai compris que son appartement était disposé en sens contraire du mien. Ma chambre à coucher touche à la sienne, et, quand je regarde à ma fenêtre, tandis que mon parloir est à ma gauche, le sien est à sa droite. Donc son lit est placé parallèlement au mien. Sa tête repose sur la même ligne que ma tête. En me tournant du côté du mur, j'ai les yeux dirigés vers lui. Un mur seul nous sépare. Épais ou non, peu m'importe. Il faut que, par la concentration de toute mon énergie vitale dans mon organe visuel, je parvienne à le *voir*.

Oh! s'ils m'entendaient, comme ils diraient encore que je suis fou! Cela, parce que j'admets la possibilité de ce qui leur paraîtrait impossible. Et cela en raison de mon organisation, plus active que la leur.

Mon idée n'a cependant rien d'excentrique. Tout corps est composé de molécules, réunies ensemble par la force de cohésion. Un corps est d'autant plus solide et résistant que la cohésion des molécules constitutives est plus forte. Or, le bois — et ce mur est une cloison de bois, — est peu résistant. Donc la cohésion n'est pas parfaite. Donc il existe des espaces relativement considérables entre les molécules. Donc, il est *possible* au regard de devenir, par l'habitude et l'exercice, assez *aigu* pour se glisser à travers les pores du bois. Donc, à travers la cloison, je puis voir Golding.

Quiconque m'eût regardé pendant cette première nuit n'eût pas un seul instant douté de ma folie. Je ne dormis pas une minute. Le sommeil rentrait dans cette relativité dont je devais me débarrasser. Ou bien, la fatigue étant plus forte que ma volonté, le corps pouvait dormir à l'exception des yeux et des oreilles. Les yeux ne devaient pas, fût-ce une minute, fût-ce la dixième partie d'une seconde, négliger l'*action*, dont la persistance seule pouvait centupler l'acuité. Ainsi des oreilles. Tout bruit devait passer non perçu par elles, excepté *le bruit* qui viendrait de la chambre à côté. Ah! ce fut un travail pénible dans le principe, et cette première nuit fut fatigante.

Je n'avais pas de lumière, mais je fixais mes yeux à demi ouverts sur la cloison. Pendant plusieurs heures, l'obscurité demeura profonde. Peu à peu, un effet déjà connu — et sur lequel je comptais — se produisit. Je distinguai dans l'obscurité, non la couleur, mais l'existence de la cloison. Mes yeux, sans saisir les détails, percevaient quelque chose qui n'était pas les ténèbres.

Puisque je perçus l'obscurité, la logique ne voulait-elle pas que j'arrivasse — au prix d'une constance que rien ne pourrait vaincre — au résultat désiré?

Autre résultat obtenu: je m'étais absolument isolé de tout ce qui pouvait se produire autour de moi, et la lueur d'un nouvel incendie aurait pu lécher mes fenêtres…, je ne l'aurais pas *vu!*

Mais le jour vient…, je prends un peu de repos.

Dans quelques heures, la lutte recommencera…

XXV

Nous ne sommes pas descendus au parc; il tombe quelques gouttes de pluie. Ce n'est pas un contretemps, bien au contraire. Je préfère même le tenir sous mon regard dans sa chambre, là, à deux pas de lui, de telle sorte que pas un éclair, si fugitif qu'il soit, ne pourra passer sur son front sans que j'en surprenne aussitôt le pâle reflet…

Sur mon âme, c'est une curieuse partie d'échecs… Il est en face de moi, une petite table nous sépare, nos genoux se touchent presque. Nous ne parlons pas. De quoi parlerions-nous? N'existe-t-il pas, chez l'un comme chez l'autre, une préoccupation qui absorbe toute pensée et enchaînerait toute parole?

Il y a deux hommes en moi: l'un, machine, ressemble à l'automate de Kaempfen; *celui-là* — cet être partie de mon être — joue aux échecs, calcule, combine, *stratégise*, lance des pièces à droite, à gauche, en diagonale; cet être pense au jeu, rien qu'au jeu. Il comprend qu'en avançant le deuxième pion du cavalier, il découvre brusquement la reine et met la tour de l'adversaire sous une double prise; il *sait* que dans deux coups, le roi, mis dans l'impossibilité de *roquer*, devra s'avancer d'une case et se placer sous le feu d'une batterie de cavaliers, soutenue par un fou qui n'attend que le moment propice pour agir.

Mais moi — le moi *réel* — est étranger à ces combinaisons, à ces calculs. Son échiquier à lui, c'est Golding lui-même. Les fibres intimes de Golding s'entrecroisent devant lui comme les lignes du damier, et ce qu'il fait jouer sur ces cases humaines, c'est sa volonté, c'est son attention, c'est toute la force de ses nerfs, toute la projection de son activité…

Lui ne se doute de rien. Il joue, il s'efforce de parer les coups que je lui porte. Oh! il n'échappera pas à la pénétration de ma volonté. Il défend sa partie d'échecs; mais combien plus grave, combien plus intéressante cette partie qui se joue entre son cerveau inerte et mon cerveau actif! J'ai les yeux fixés sur ce front lisse, où n'apparaît pas une ride; et sans qu'il s'en doute — qui pourrait s'en douter d'ailleurs? — je pratique dans ce front mon travail incessant de perforation.

Mon regard se fait vrille, il s'est appuyé, — pointe d'acier vivant — sur cette tête dans laquelle repose inconnu le secret que j'ai juré de pénétrer. Mouvement bizarre, en vérité. Le rayon qui s'échappe de mes yeux se pose sur son front et tourne sur lui-même comme la pointe d'un vilebrequin. Oh! ce ne sera pas un travail d'un jour. Car ce crâne est remarquablement dur. Et puis, s'il allait *sentir* cette pointe qui menace son cerveau? Plusieurs fois déjà il a froncé les sourcils comme pour se débarrasser d'une sensation importune. C'est que sans doute l'*outil* mord dans la chair vive, c'est que déjà se produit le *chatouillement* de la pointe qui attaque l'épiderme…

J'ai été dérangé tout à l'heure: le directeur est venu nous trouver, il s'est assis auprès de nous, il a suivi avec intérêt les péripéties de la partie. J'ai fermé à demi les yeux. S'il allait voir — lui — le travail auquel je me livre! J'ai eu une tentation infernale. Il faut que je parle. De quoi? Des deux amis de Golding, de Pfoster et de Trabler. C'est fait. Ces deux noms se sont échappés de mes lèvres. Le directeur a répondu:

— Ils sont morts!

Mais Golding! Golding est resté froid, il n'a pas tressailli, pas un mouvement, pas un frissonnement, si léger qu'il soit, n'a témoigné qu'il ait entendu ces deux noms. Allons! il est fou! bien fou, puisqu'il a perdu jusqu'au souvenir...

Tout à coup une atroce pensée traverse mon cerveau. Puisqu'il a oublié, il ne pense peut-être plus à ces faits, encore inconnus pour moi; si, lorsque je serai parvenu à ouvrir comme un coffre rouillé la boîte de son crâne, si je n'y pouvais rien lire, rien que le néant de l'oubli! Ce serait horrible. Sous ce visage pâle, mat, sous ce front blanc et impassible, j'ai peur que pas une pensée ne roule, que pas une idée ne s'agite!

Mais je me souviens: quand il était encore Golding, l'homme d'affaires, pendant tout le jour, il semblait avoir perdu le souvenir des scènes qui se passaient le soir... à partir de six heures.

Oui, je dois être sur la vraie piste. Il faut que je sache si — dans la folie — ne subsiste pas cette *assignation* de l'inconnu qui le frappait à heure fixe, et qui, comme un témoin récalcitrant, l'entraînait de force là où il devait aller. La journée passe: un rayon de soleil nous a permis de descendre un instant au parc. À cinq heures, nous devons rentrer. Je suis seul de nouveau.

XXVI

Comment agir? Double danger. D'une part, il ne faut pas donner l'éveil à Golding, il faut qu'il ait confiance en moi. D'un autre côté, je dois être surveillé. Oh! certainement, puisque je suis fou, on doit craindre continuellement que l'accès ne se déclare. Il y a évidemment quelque part, et sans que je le sache, un point d'où quelque surveillant m'examine et m'écoute. En tout cas, comme je ne sais rien encore à cet égard, il faut être prudent. Si l'on pensait que je m'occupe de Golding, peut-être me séparerait-on de lui. Et alors! plutôt cent fois mourir, que de faire naufrage si près du port...

Mais cette surveillance, quelle qu'elle soit, ne doit pas être incessante. J'admets que de temps à autre le gardien jette — par où donc? — un regard dans ma chambre. Mais si rien ne sollicite son attention, il est évident que ce coup d'oeil est seulement machinal, qu'il regarde et voit à peine, que le tout n'est fait que par acquit de conscience, et pour exécuter une consigne.

De plus, cette surveillance peut être active au commencement de la soirée, mais plus tard! oh! plus tard, elle se fatigue certainement. Je dois me régler sur ces prévisions, qui sont exactes. J'ai deux sens à exercer, l'ouïe et la vue. Mon attitude, pendant que je *regarde*, pourrait éveiller l'attention. Donc pendant les premières heures, j'écouterai.

Il sera bientôt six heures. Je me suis étendu sur mon lit comme pour me reposer, dans une attitude naturelle. Rien de forcé. J'ai les yeux ouverts, mais pour ne pas les fatiguer, je leur ai ordonné de ne pas *voir*. Le travail qui s'opère dans mon cerveau doit absorber toute mon activité, et de mes sens, celui-là seul doit agir, auquel je le commande.

En ce moment, j'écoute. Mais encore, je n'écoute, encore bien que je les entende, aucun des bruits qui surgissent dans la maison. *J'entends* le pas des gardiens, faisant leur ronde dans les corridors; mais j'écoute ce qui se passe dans la chambre de Golding.

Il marche, lentement, de long en large, il va de la porte à la fenêtre. Il ne parle pas; aucun son ne s'échappe de ses lèvres. Oh! j'en suis sûr. Je sais que par la *tension* voulue que j'exerce sur mes facultés, l'ouïe s'est développée en moi d'une façon extra-naturelle. Calculez donc, puisque toute ma force, toute mon énergie de sensation, au lieu de se disséminer sur mes cinq sens, se concentrent en un seul. Un, deux, trois, quatre, cinq... six! Voici l'heure! Écoutons.

Il se passe quelque chose. Je l'aurais juré d'avance. Golding s'est arrêté brusquement. Il a semblé entendre quelque chose. La tête s'est penchée en avant comme pour écouter. Je le sais, parce que j'ai entendu son corps peser tout entier sur la pointe des pieds. Un meuble a remué, c'est qu'il a posé sa main sur le dossier pour ne pas perdre l'équilibre. Ah! ses talons ont de nouveau touché le plancher. Nouveau tressaillement du fauteuil. Il a abandonné ce point d'appui. Il reste immobile. Puis, voilà que d'un pas lourd, méthodique, régulier, d'un pas qui n'est en quelque sorte que l'ombre de cet *ancien* pas que je connaissais, il s'est approché de son lit. Il ne le défait pas, car je n'entends pas le froissement des draps. Le lit craque dans toute sa longueur, Golding s'est étendu.

Alors, oh! alors! je perçois un bruit sourd, que je reconnais. C'est sa respiration. Elle est lente, à deux temps, comme le soufflet d'une forge. Ce n'est pas le souffle de l'homme qui dort. Je ne me trompe pas, j'en suis certain: Golding est éveillé! Et sa respiration monotone continue à se faire entendre, pour moi seul. Elle n'est pas égale comme son. Parfois, je *saisis* un soupir plus sonore, qui me rappelle les hou! de Black-Castle, mais comme si la bouche d'où ils s'échappent était serrée sous un bâillon.

Je suis impatient... Mais non, l'heure passe. J'attendrai encore. Je ne veux rien précipiter. D'ailleurs, je perçois encore autre chose. Il se remue sur son lit. Ses bras heurtent quelquefois la cloison, ses jambes s'étirent comme si elles étaient mues par un ressort et vont frapper l'un des montants du lit... *Cela* est la lutte, c'est la persistance mécanique de l'effort qui lançait sur Golding ses deux acolytes. Est-ce bien cela? En ce cas, la chose est simple. Il faut que, continuant mon travail d'excitation du sens visuel et du sens auditif, je parvienne à lire dans Golding comme dans un livre ouvert, à entendre l'écho de ses pensées, à percevoir ces mots qui se formulent dans son cerveau...

XXVII

Minuit: je commence. Il sera plus facile de percer un trou dans la cloison, et *par là*, je plongerai sur Golding mon regard investigateur. Et pas d'instruments! Si seulement j'avais un canif! Après tout, où serait la difficulté? Non, de mes ongles, j'ouvrirai une issue dans ce bois. Ah! ils croient que je dors, et ils se disent: «Le fou est calme, ce soir!»

Restez dans votre repos, mes maîtres. Le *fou* suit raisonnablement un projet conçu… et demain, il saura tout…

Comme ce bois est dur!

XXVIII

Deux nuits ont suffi à ce travail. J'ai dû déployer toute mon énergie; à certains moments, le sang jaillissait de mes ongles. Mais cela me préoccupait peu, je vous jure. Cette nuit, je le verrai dormir. Dort-il d'abord? Je n'en sais rien, et même ce souffle que j'entends à travers la cloison ne me paraît pas celui d'un homme endormi.

Cependant, il ne quitte pas son lit… une seule remarque: il semble que son poids s'alourdisse de plus en plus.

Est-ce que l'entassement des souvenirs et… qui sait? des remords aurait un poids effectif… plus la nuit avance, plus par conséquent les souvenirs s'amassent dans son cerveau, plus j'entends le lit gémir et craquer, comme si ses pensées étaient de plomb.

Que cette journée me paraît longue! Des échecs, je ne me préoccupe plus.
Je joue machinalement, sans y songer, et je le regarde.

Mais c'est singulier. J'aurais pensé que ce travail de *perforation* se serait accompli plus vite… je ne puis encore rien lire dans ce cerveau. Oh! il y a des moments je voudrais le déchirer de mes ongles comme j'ai déchiré la muraille…

Tiens! un couteau!

XXIX

Comment se trouve-t-il dans ma chambre? D'où vient-il? Qui l'a apporté ici? Un couteau, et dont la lame paraît solide, sur ma foi. Ce n'est pas un couteau de table, ce n'est pas moi qui l'ai pris à la table du repas. On nous surveille trop. Non, non. Je me souviens. Le gardien est entré ce matin; il coupait une pomme. C'est évidemment lui qui a oublié là cet outil...

Un couteau: cela peut servir à tant de choses. Il est bien emmanché, bien en main. Comme on donnerait un bon coup, avec cela... de haut en bas...

Le gardien est venu. Ah! j'ai bien compris pourquoi. Il est inquiet, cet homme, il sait qu'il a laissé son couteau quelque part, et sa responsabilité s'inquiète. Il ne me demande rien tout d'abord. Il me souhaite le bonsoir, mais en même temps il regarde à droite et à gauche. Moi, je suis assis tout naturellement, sur une chaise, devant ma table. J'ai caché le couteau dans ma manche. Pourquoi, après tout? Il serait si simple de lui dire: Mon brave homme! je sais ce que vous cherchez. Voici votre couteau.

Non, je ne lui dirai rien. Tenez, voilà qu'il m'interroge. Oh! sans avoir l'air d'attacher à sa question la moindre importance:

— Est-ce que par hasard vous n'auriez pas trouvé un couteau?

— Un couteau! ici! oh! non.

Si vous voyiez de quel air placide je réponds.

Il est convaincu que je dis la vérité. Comme c'est chose amusante que de tromper. Il jette un dernier coup d'oeil autour de lui, mais, bon gré, mal gré, il faut bien qu'il y renonce. S'il se doutait que je le sens, là, tout près de ma chair, et que le fou — car je suis un fou — se moque *in petto* de l'homme raisonnable.

Il est parti. Pourquoi ai-je gardé ce couteau? Sur mon âme, je ne pourrais le dire. Mais cet acier froid me cause une agréable sensation. On dirait — oui, en vérité — que cette sensation *s'harmonise* avec quelque secrète pensée de mon coeur...

Six heures! à mon poste.

XXX

L'ouverture que j'ai pratiquée dans la cloison, est tout étroite. Mon plus petit doigt n'y pourrait passer, mais mon regard pénètre et embrasse, dans la chambre de Golding, un périmètre plus que suffisant. Du reste, je n'ai pas besoin de voir plus loin que son lit.

Il s'est étendu. Il est sur le dos. Les yeux sont à demi fermés; leur expression est vague. Puis peu à peu, ils s'ouvrent, ils sont fixes, ils regardent quelque part. Où? ce n'est pas au plafond. — Que lui importent et le plafond et les quelques moulures de plâtre qui l'entourent? Non, son regard va évidemment *plus loin*.

Il est étrange que mon attention ne se fatigue pas. Il me semble que je le regarderais ainsi pendant une année entière sans que ma paupière eût un frémissement. Il n'est pas beau, Golding. Sur ce visage d'ordinaire si frais, si rebondi, des rides se creusent… à l'heure sinistre. Un cercle olivâtre borde ses yeux. Évidemment il souffre. C'est un cauchemar qui danse sur sa poitrine. Smarra le tient à la gorge; et sous la pression de cette griffe, à laquelle nulle volonté ne résiste, les sons sortent inarticulés de sa poitrine.

Voyons. Où est le point de son front que j'ai tenté de percer de mon regard? Justement, il s'est posé de trois quarts, je puis le considérer tout à mon aise…

Va donc! courage! mon regard. Perce cette boîte osseuse, qui, semblable à une cassette d'avare, renferme ce qui est mon trésor à moi!

Oh! comme je réunis toute la force de mon être dans ce regard, lentille au foyer de laquelle se concentre tout le rayonnement de ma volonté. C'est un livre durement fermé que la tête d'un homme: pas une fissure, pas un coin par lequel je puisse apercevoir ces pages, si intéressantes pour moi…

Non. Et ce sourire errant sur ces lèvres. Par le ciel! Je crois qu'il me raille. Il semble dire: je tiens mon secret, il ne m'échappera pas.

Que pourrais-je donc bien tenter pour hâter mon oeuvre? Quel dernier effort me conduirait à mon but? Oh! je ne reculerais devant rien. Maintenant qu'on me croit fou, que j'ai eu le courage d'accepter le doute, que je me suis livré à ceux qui nient ma raison, rien ne pourra me faire reculer.

Peut-être suis-je encore trop loin de lui! À deux pieds cependant tout au plus. C'est encore trop sans doute. Il faut que je me rapproche, il faut — comment cette pensée ne m'est-elle pas venue plus tôt — que je sois auprès de lui. Ah! le couteau! Oui, c'est cela!

La cloison est entamée. J'ai pu constater son épaisseur. Ce n'est rien. Quelques planches ajustées. J'introduis le couteau dans une fente, la lame fait levier. La planche cédera. C'est peu solide. Je suis *certain* qu'il n'entendra rien, il est absorbé par le *mystérieux* qui l'obsède et l'étreint. Déjà la planche a plié, je puis passer mes deux mains. M'entendra-t-on du dehors? Tout est calme. Les gardiens sont endormis. Et puis le bruit sera-t-il violent? Je ne le crois pas. Tenez! j'avais bien raison de ne pas le croire. Voici que sous mon effort, lent, étudié — habilement étudié, je vous jure — la planche se sépare, la peinture s'est fendue dans toute sa longueur, se craquelant sans bruit.

Là! cette première planche reste entre mes mains. Déjà, je puis passer le bras. Je l'ai touché, lui. Il n'a pas tressailli. Il n'a pas senti mes doigts qui s'appuyaient sur son corps. À l'ouvrage donc! La nuit commence seulement, j'ai tout le temps de mener l'oeuvre à bien. Il est curieux que je n'aie pas conçu plus tôt cette pensée. Je secoue la seconde planche, méthodiquement, prêt à m'arrêter au moindre bruit, dépassant une certaine moyenne dont mon oreille a fixé l'intensité. Elle tient assez fortement, celle-là. Bah! il serait trop ridicule de se décourager... en si beau chemin. Je le disais bien... La voilà qui s'ébranle. Elle est plus large que je ne l'avais supposé, c'est ce qui explique sa résistance... L'ouverture sera plus que suffisante.

Je pourrai passer... c'est fait. Il s'agit maintenant de me glisser par cette ouverture. Oh! cela n'est pas difficile. Je me dresse à demi sur mon lit... la tête d'abord, puis les épaules. Il faut que je me mette de biais — de *champ*, comme disent les ouvriers — d'une main je m'appuie au lit, tout doucement. Mais, en vérité, il est inutile de prendre tant de précautions. Golding n'est-il pas plongé dans une sorte de catalepsie intermittente, qui, j'en ai la conviction, ne cessera qu'avec la nuit... la preuve de ceci, c'est que je suis dans sa chambre, c'est que j'ai pu passer par-dessus le lit, que j'ai même heurté ses jambes, et qu'il n'a pas eu conscience de ma présence.

Tenez, en cet instant, est-ce qu'il sait que je suis là, courbé sur lui, que je le touche, que je l'enveloppe tout entier de mon regard? Ah! en vérité, cela est burlesque, de songer qu'un fou pourrait être aussi habile!

XXXI

Et je ne puis rien voir! En vain mon oeil fouille, comme un bistouri, ce front sous lequel bouillonne son cerveau. En vain, je tends tous les ressorts de mon être. La matière inerte — qui s'appelle Golding — garde son secret. Malédiction! il faut cependant en finir! Je veux savoir, je saurai.

Encore ce couteau! tout à l'heure il m'a semblé que cet acier s'était refroidi dans ma main comme pour me rappeler sa présence... Que pourrais-je donc en faire? En quoi ce couteau pourrait-il m'être utile? Ah! j'y songe... non... ce n'est pas une idée ridicule. Voyons, pas de précipitations! Qu'est-ce que je cherche après tout? Je veux ouvrir ce cerveau qui reste obstinément fermé? Lorsqu'un coffret rouillé résiste aux doigts qui s'efforcent d'arracher le couvercle, une lame d'acier a bientôt raison de cette résistance... Eh bien! le cerveau de Golding n'est-il pas ma cassette à moi, renfermant des richesses plus précieuses que toutes les pierreries du monde! Le couteau! oui, c'est cela. Il me faut faire sauter ce couvercle qui ferme son cerveau... ce couvercle, c'est le crâne. La lame sera-t-elle assez forte! Certes, avec un coup bien rapide, bien sec, la résistance de l'acier se décuplera. Je ne puis m'y reprendre à deux fois.

XXXII

C'est fait.

J'ai frappé, oh! d'une main sûre, allez. Il n'a pas poussé un soupir. Là, juste entre les deux yeux... la lame a pénétré de plus d'un pouce. Et c'est remarquablement dur, la boîte osseuse du cerveau. Je crois qu'il est mort... Oui, mais la vie persiste encore dans l'immobilité, précurseur de l'anéantissement définitif. Je retire la lame, le trou est béant, quelques gouttes d'un sang noirâtre... oh! presque rien... En vérité, j'aurais cru qu'il eût plus saigné que cela... L'ouverture est faite, c'est par là que je regarderai...

Enfin! enfin! par l'enfer, je vois, je lis dans ce cerveau! Ah! je ne m'étais pas trompé! L'histoire n'est pas longue, allez! À tout problème, la solution tient en un chiffre... Dans ces fibres palpitantes, dans les dernières convulsions de ce cerveau qui se désorganise, qui se désagrège, je découvre le mystère. Ma peine n'a point été perdue. Et pour vous le prouver, tenez, je vais vous dire ce que c'était...

Golding est un empoisonneur! Oh! comme je vois bien le mot *poison* écrit sur les parois de cet organe convulsé!... il y a là quelque chose de bien étrange... Golding n'a pas commis le crime seul... lorsqu'il a empoisonné Richardson (vous vous rappelez qui est ce Richardson, l'ancien propriétaire de Black Castle), il avait deux complices, Pfoster et Trabler... S'ils ont commis le crime, c'est qu'ils étaient les amis de Richardson... et ses légataires. Parbleu!... Mais quand ils se sont trouvés en face du cadavre, lorsque le mort a été descendu dans la chapelle blanche... vous savez, là-bas, au bout de l'allée du parc, ils ont eu peur les uns des autres... et... oh! je lis tout cela dans la tête de Golding comme dans un registre ouvert... ils ont été saisis par la folie du *remords*...

Non qu'ils regrettassent ce qu'ils avaient fait... mais ils étaient envahis par une indicible terreur... ils sentaient qu'un jour pourrait venir où l'un dénoncerait l'autre... et ils se surveillaient, et à partir de six heures... heure à laquelle la victime avait rendu le dernier soupir... ils ne se quittaient plus. Leur crime les étreignait et les liait dans les chaînes d'une complicité défiante.

Ah! je ne déchiffre plus qu'avec difficulté. En vain mon couteau fouille avec rage ce cerveau que gagne l'inertie de la mort. Rien!… rien!… plus rien!

....

«Hier, lit-on dans le *New-York Advertiser*, un crime horrible a été commis dans la *Lunatic Asylum* du docteur Gresham. L'honorable M. Golding a été assassiné par son voisin de cellule, M. X., dans un accès de folie furieuse. L'insensé l'a tué à coups de couteau dans le crâne. Quant à M. X., il est mort presque immédiatement dans des convulsions tétaniques. Le coroner a rendu un verdict de double décès par suite d'actes inconscients résultant d'aliénation mentale.»

FIN DES FOUS

LE CLOU

Nul ne peut nier qu'il se manifeste entre les êtres vivants, alors que les hasards de la vie les mettent en présence les uns des autres, des influences inhérentes à leur nature, et qui se traduisent soit par une attraction, soit au contraire par une répulsion involontaires. C'est ce qu'on désigne vulgairement par les mots *sympathie* et *antipathie*. Mais il est à remarquer que ces manifestations présentent, selon les individus, de notables différences, quant à leur valeur ou à leur intensité. La bienveillance de certains caractères peut — et cela se voit souvent — développer chez un individu une trop grande facilité de sympathisation qui l'entraîne vers les inconnus conduits sur son chemin par les accidents de l'existence; au contraire, certains caractères dits malheureux, malveillants, ont pour premier principe la défiance et montrent à tout nouveau venu une singulière antipathie, sans motif concevable. Ce sont là des extrêmes, malheureusement trop fréquents. Mais il faut reconnaître que les sentiments, naissant ainsi dans ces caractères de premier mouvement, sont mobiles et cèdent au bout de très peu de temps à la fréquentation et à une connaissance plus complète de ceux qui en sont l'objet.

Chez quelques personnes privilégiées — et c'est de celles-là qu'il faut ici parler — les sentiments sympathiques ou antipathiques se développent, non pas en raison de la nature même de celui qui les éprouve, mais au contraire en raison de la nature de celui qui les inspire.

Maurice Parent — un de mes collègues du ministère de... — se trouvait dans ce dernier cas. Ce n'était pas un homme de parti pris; il n'était par nature ni bienveillant ni malveillant; en général, à première rencontre, il était froid, mais sans sécheresse; poli, mais sans affectation. Ne se livrant pas du premier coup, il semblait attendre que quelque circonstance guidât son choix. En résumé, serviable et aimable, nul ne rendait plus obligeamment un service; et si ses véritables amis n'étaient pas aussi nombreux que le sont ceux des hommes qui donnent ce titre à toutes leurs *connaissances*, du moins la société qu'il s'était choisie formait-elle un véritable cercle d'affection et de dévouement.

Avec ce caractère, on comprend que, de la part de Maurice, les manifestations de sympathie ou d'antipathie à première vue avaient d'autant plus de valeur qu'elles étaient plus rares: elles procédaient évidemment d'une influence à laquelle Maurice obéissait, sans que sa volonté en fût complice; il subissait une coercition intime, alors que, contre sa manière d'agir ordinaire, il témoignait clairement qu'une attraction ou une répulsion se produisait en lui à l'égard d'un étranger.

En somme, j'avais reconnu pendant longtemps que ces manifestations, d'ailleurs, je le répète, fort rares, se trouvaient d'ordinaire justifiées par les circonstances ultérieures. La première fois que Maurice m'avait vu, il m'avait tendu la main; et j'ose dire qu'il avait été bien inspiré. Car jamais amis ne furent plus intimes et ne méritèrent mieux l'un de l'autre. Ainsi pour quelques autres. Au contraire, il m'était arrivé de me lier précipitamment avec des hommes que Maurice avait accueillis froidement, durement même, qu'il avait toujours évités, en dépit de mes instances. Et j'avais dû reconnaître que son instinct ne l'avait pas trompé. De ces hommes, j'avais toujours eu à me plaindre, de quelques-uns même très gravement.

Je m'étais donc habitué à suivre ses avis et m'en étais bien trouvé. Cependant, en un point, nous n'avions pu tomber d'accord, et je dois faire une exception en ce qui concerne une troisième personne, Charles Lambert, qui, avec Maurice et moi, travaillait au même ministère—même division—même bureau et même pièce.

Maurice était commis-principal; Lambert de seconde et moi de troisième classe. Mais il est bien entendu que nous ne conservions entre nous aucune hiérarchie et que nous nous entendions à merveille. Quand je dis: Nous nous entendions,—ceci demande explication. Et ici deux portraits sont nécessaires. Je commencerai par Maurice, que nous appelions plaisamment notre doyen, quoiqu'il ne fût notre aîné que de quelques années.

Maurice Parent avait trente-trois ans: c'était un homme de taille moyenne, mince et non maigre; ses traits ne présentaient aucun caractère saillant, à l'exception de la partie supérieure de son visage. Ses yeux, fortement enfoncés sous leurs orbites, étaient de cette couleur indécise que les Anglais appellent—*grey eyes*—yeux gris. Il étaient mobiles, vifs, mais offraient surtout une particularité remarquable. Lorsque Maurice portait son attention sur un objet quelconque, ce qui lui arrivait souvent, car il était rêveur et méditatif, il semblait que son regard devînt *aigu*, que l'iris et la pupille se contractassent de façon à former—si je puis, dire—une *pointe*, une sorte de vrille ou faisceau de rayons convergeant vers un point unique. En examinant de plus près ce qui me paraissait une sorte de phénomène, je constatai que dans ces périodes d'attention excessive ses yeux déviaient sous l'influence d'un strabisme temporaire, si bien que les rayons des deux yeux *convergeaient*, en effet, plus vivement qu'ils ne le font d'ordinaire sur l'objet examiné. Ce regard produisait sur celui qui le subissait un effet désagréable, comme si une pointe eût pénétré dans les chairs, et quand il se *plongeait* dans vos propres yeux, vous étiez obligé—involontairement—de cligner les paupières avec une sensation douloureuse.

Maurice était depuis dix ans dans l'administration; son avancement n'avait pas été très rapide, mais cette lenteur ne pouvait être attribuée qu'à lui-même, et il le reconnaissait. Doué d'une immense facilité, il se débarrassait du travail de la journée en quelques instants et s'adonnait, pour sa propre satisfaction et pendant tout le reste de son temps, à des études personnelles, portant particulièrement sur les mathématiques et la chimie. Il avait, d'ailleurs, une certaine aisance et ne conservait sa place que pour avoir un *centre*, c'était son expression.

Il est naturellement inutile que je parle de moi, mon rôle se bornant à peu près à celui de narrateur; je passe donc à *notre* camarade — ou mieux à *mon* camarade Charles Lambert.

Je fais cette distinction à dessein, et elle sera expliquée plus loin.

Il n'y a qu'un mot qui puisse bien rendre le sentiment que m'avait inspiré Lambert: C'était un garçon éminemment sympathique, — *à moi* bien entendu. Il était de taille élevée, de forte constitution, ses épaules étaient larges, sa poitrine était puissante. On devinait une nature éminemment vivace. La vitalité débordait en lui. Cependant, il y avait dans toute sa personne une sorte de *nonchaloir*, disons mieux, de prostration qui excitait à la fois, et l'inquiétude, et une sorte de pitié. Il ne se tenait pas droit, mais un peu voûté. On aurait cru — à première vue — que cette vitalité dût produire chez Lambert des efforts continuels vers la vie active. Loin de là, ce grand corps semblait, avec toute sa santé, avec son exubérance de puissance, succomber sous sa propre force. Ses mouvements étaient lents, ses manières extraordinairement douces, presque câlines. Mais, au-dessus de tout, Lambert était et paraissait doux et inoffensif. Sa tête était belle. Des traits parfaitement réguliers, barbe et cheveux d'un châtain clair, de beaux yeux d'un bleu limpide, bien fendus et se laissant voir jusqu'au fond.

Lambert réalisait, dans toute la force du terme, le type de l'employé modèle. Seul de nous trois, il était marié; nous avions vu sa femme deux ou trois fois, c'était une charmante petite créature, à l'oeil vif, aux cheveux noirs. Lambert vivait avec elle et sa mère; mieux que cela, il les faisait vivre. Et que gagnait-il? deux mille quatre cents francs par an, deux cents francs par mois. Bien peu pour un ménage sur lequel pèse une charge supplémentaire. Mais il n'avait pas d'enfant. Lambert était le premier au travail, et même, il faut avoir le courage de tout avouer, son assiduité était telle que bien souvent j'en avais abusé pour le prier de faire les travaux dont j'étais chargé, afin de pouvoir prendre dans la journée quelques heures de liberté. Lui ne se plaignait jamais, souriait si je lui demandais un service, et s'empressait de me le rendre. Il paraissait que son traitement modique lui suffît, car il n'avait pas de besoins, ne se permettait aucune dépense, passait toutes ses soirées en famille, en résumé, était un véritable modèle d'ordre et de régularité.

Du reste, gai, bon enfant, franchement rieur, et, ce dont je lui savais gré, ne jouant pas à la victime. Lorsque, Maurice et moi, nous racontions avoir assisté à une partie de plaisir, il nous écoutait de toutes ses oreilles et s'amusait de nos récits.

Tel était l'homme qui, depuis trois ans, était attaché à notre bureau. Je le répète, il m'était éminemment sympathique.

La première fois que Maurice l'avait vu, il l'avait longuement fixé, de ce regard dont j'ai parlé; puis quand le soir Maurice m'avait pris le bras pour quitter le ministère:

—Eh bien! homme d'intuition, lui avais-je demandé, que penses-tu de notre nouveau camarade?

Maurice avait répondu brusquement:

—C'est un infâme coquin!

Je ne pus retenir un cri de surprise: j'avais, je l'ai dit, grande confiance dans le jugement de Maurice. Mais, cette fois, j'étais certain qu'il était absolument en défaut. Je ne voulus même pas discuter. J'attendis. Six mois se passèrent; j'avais examiné Lambert avec le plus grand soin, et j'avais constaté ce que j'ai exposé plus haut. J'aimais et j'estimais ce courageux travailleur, qui ne songeait qu'à assurer le pain quotidien à sa famille; je l'avais vu le dimanche passer gaiement dans les rues, sa petite femme au bras. J'avais été reçu chez lui; je l'avais trouvé plein de tendresse pour sa femme et d'égards pour sa belle-mère.

Un soir donc, je posai de nouveau à Maurice la question à laquelle il avait déjà si étrangement répondu. Je restai stupéfait.

—Je te répète, me dit Maurice, que c'est un infâme coquin.

—Tu es fou.

—Préfères-tu une affreuse canaille? je te laisse le choix.

—Mais sur quoi te bases-tu?

—Je t'expliquerai cela un jour: cela est. Que cela te suffise.

—Que lui reproches-tu? Connais-tu quelque grave secret dans son passé?

—Il n'a pas plus de passé que nous. C'est un coquin... d'avenir, mais non de passé.

—Ah! fis-je en riant ironiquement, bien que cette conviction, si fortement exprimée, me causât une douloureuse impression; tu prédis l'avenir maintenant?...

—Je ne prédis pas... je sais. Du reste, tu me feras plaisir en ne m'en parlant plus... avant que je t'en parle moi-même.

Notre situation était en réalité singulière. J'avais la plus grande affection pour Maurice et une amitié réelle pour Lambert. Quoique Maurice ne fît rien paraître de l'antipathie que lui inspirait notre collègue, cependant je me sentais gêné moi-même. Vingt fois dans la journée, je me surprenais à étudier le visage de mes deux amis et à me demander:

—Pourquoi Maurice déteste-t-il ce garçon?

Je n'y comprenais rien. Naturellement Lambert, tout en faisant bonne figure à Maurice, n'était pas sans comprendre qu'il n'y avait pas de ce côté-là grande amitié pour lui. Mais il en avait pris son parti. Tout d'abord, il avait tenté de se concilier les bonnes grâces de notre compagnon. Mais Maurice lui avait répondu en riant, avec une sorte d'ironie dont seul je comprenais le sens.

Parfois, au beau milieu d'une conversation, Maurice, s'adressant à moi, s'écriait:

—Je dis que c'est un hideux coquin!

Je rougissais malgré moi; je feignais de comprendre qu'il s'agissait d'une allusion à une personne absente. Lambert, d'ailleurs, le pauvre garçon, ne pouvait se douter qu'il fût question de lui. Je le considérais sans qu'il s'en aperçût. Et je le voyais toujours le même, avec sa physionomie placide, travaillant et piochant tout le jour.

Peu à peu, cependant,—et au prix de combien d'efforts?—je parvins à briser la glace; une certaine cordialité régna dans nos triples relations, et, pour la sceller, je proposai que désormais, tous les quinze jours, le mercredi, nous nous réunissions le soir pour boire un verre de bière et jouer aux dominos, dans un petit café situé à quelque distance du ministère.

Je dois dire un mot de ces parties de dominos. Maurice était d'une force exceptionnelle à tous les jeux,—mais à la condition expresse qu'il fît *attention*. La plupart du temps, il causait en poussant les dominos ou en jetant les cartes, et commettait erreurs sur erreurs. Nous nous moquions de lui; le café dont je parle était très fréquenté par nos collègues, qui se mêlaient souvent à notre petite société. On jouait avec Maurice, on le faisait causer. Il perdait et on riait. Quelquefois il disait: «Je parie gagner la prochaine partie contre n'importe lequel d'entre vous.»

On acceptait. Maurice se mettait au jeu. En ce cas-là on pouvait lui parler, chercher à le distraire. Rien ne parvenait à l'émouvoir, son regard prenait cette singulière fixité que j'ai essayé de décrire, et il gagnait à coup sûr. *Jamais*, dans ces conditions, je ne l'avais vu perdre avant l'arrivée de Lambert. Mais, chose bizarre, ou plutôt très explicable sans doute, en ce sens que le nouveau venu était au moins d'égale force, il était rare que Maurice pût gagner une partie contre Lambert. Pour tout dire, ils se retiraient presque toujours *ex æquo*.

Je dis à Maurice:

—Je comprends que tu n'aimes pas Lambert, affaire d'amour-propre froissé, tu ne peux pas le gagner.

—Tu es un sot, me répondit sèchement Maurice; avant les parties de dominos, je t'ai affirmé que cet homme était un coquin. *Après*, je l'affirme encore et plus *certainement*. Du reste, sois tranquille, je le gagnerai.

En effet, au bout de quelques mois, Lambert perdait comme nous tous; d'où je conclus que Maurice avait compris sa *manière de jouer*.

J'ai dit que Lambert m'avait quelquefois emmené chez lui. Jamais il n'avait fait à Maurice la moindre proposition. Mais un jour, c'était à peu près à la moitié de la troisième année (et je parle de ce délai de trois ans parce que ce fut à l'expiration de cette période que nous nous trouvâmes séparés, par des circonstances dont je ferai plus loin mention), un jour donc, Lambert, venant au bureau avec un visage rayonnant, nous raconta que c'était la fête de sa femme, qu'il serait bien aise, si nous voulions accepter tous deux un dîner sans cérémonie et une tasse de thé dans la soirée. Pour mon compte, j'acceptai sans hésiter. Je regardai Maurice, qui, à ma grande surprise, déclara qu'il *remerciait* Lambert de cette invitation et qu'il m'accompagnerait. Il avait singulièrement appuyé sur le mot *remerciait*; mais, en somme, il accepta. J'en fus enchanté et je profitai d'un moment de tête-à-tête pour lui serrer la main, en le félicitant de s'être débarrassé de ses fausses préventions.

— Ah! ah! fit-il en riant, tu prends bien les choses!

Puis, redevenant tout à coup sérieux:

— N'oublie pas ce que je t'ai dit: Cet homme est un coquin!

— Alors pourquoi vas-tu chez lui?

— *Parce que* c'est un coquin.

Je haussai les épaules. À six heures du soir, nous sonnions tous deux à la porte de Lambert, qui demeurait dans une modeste rue, à cinq minutes du ministère. C'était au quatrième étage, le dernier d'ailleurs de la maison. Je savais que le loyer était de quatre cents francs. L'appartement était petit, mais très convenable, et surtout d'une excessive propreté. Bien qu'il fût évident qu'on avait donné à toutes choses le petit *coup de fion* de la circonstance, on devinait que c'était là en tout temps un intérieur bien tenu, ou, pour tout dire, tenu par deux femmes.

Lambert vint à nous les mains ouvertes. La table était dressée dans la chambre à coucher, le lit étant dissimulé par des rideaux de perse.

Notre collègue présenta Maurice à sa femme. C'était, je l'ai dit, une gracieuse petite créature, alerte, pimpante, à l'oeil brillant. Ce jour-là, elle était charmante. Ses cheveux noirs, relevés avec goût, faisaient ressortir la blancheur mate de son teint, et elle semblait tout heureuse de cette fête improvisée en son honneur.

La mère de Mme Lambert, qui se nommait Mme veuve Gérard, était une femme de soixante ans, un peu forte, à l'oeil craintif, et paraissant, malgré son âge, timide comme une jeune fille. D'ailleurs, elle semblait aimer vivement son gendre, et je crois que jamais belle-mère n'avait mieux compris la *passivité* indispensable dans la vie de famille ainsi organisée.

Quant à Lambert, c'est l'homme heureux dans toute sa franchise. Pas de contrainte, un *laisser-aller* sincère qui me touchait plus que toutes les protestations. Il n'avait pas besoin de nous dire que nous étions *chez nous*, en étant chez lui. Cela se sentait de reste.

La soirée fut charmante. Maurice, malgré ce qu'il m'avait dit encore le matin même, semblait se livrer tout entier. Il était plein de cordialité; je remarquai même — et ceci soit dit sans reproche, — que, lorsque son regard s'arrêtait sur Mme Lambert, il était plein de douceur, je dirai même de langoureux intérêt.

Après le dîner, Lambert et sa femme descendirent. Car il est inutile de dire qu'il n'y avait point de servante. Maurice et moi restâmes seuls avec Mme Gérard.

— Ainsi, demanda Maurice, continuant une conversation précédemment commencée, les pauvres enfants se sont mis en ménage sans patrimoine?

— Hélas! oui, monsieur, répondit Mme Gérard, il y a de cela six ans maintenant. Mais voici le plus cruel. Mon mari avait un ami intime, que j'appellerais presque un frère. Cet ami lui avait formellement promis qu'à sa mort il laisserait sa petite fortune à notre fille. Mon mari mourut le premier; son ami me répéta sa promesse; et quand le mariage se fit, je comptais pour mes chers enfants sur cet héritage plus ou moins prochain. Mais un accident amena la mort de cet ami, et…

— Et il n'avait pas fait de testament, acheva Maurice.

— En effet. Vous savez que ce sont là des choses qu'on remet toujours au lendemain. C'est une faiblesse qu'il est bien difficile de blâmer…

— Si bien que cette dot, sur laquelle pouvait compter Lambert, s'évanouit tout à coup…

— Oh! il ne se plaignit pas. Il se mit au travail avec courage et persévérance. Du reste, vous savez aussi bien que moi la façon dont il se conduit… C'est un coeur d'or.

— Et quel était le chiffre de cette petite fortune?

— Une centaine de mille francs. Mais, entre les mains de Lambert, ce fût devenu une véritable fortune; car il est bien intelligent, monsieur, et si vous l'aviez entendu expliquer ses plans...

— Avant le désastre, bien entendu.

— Certainement. Depuis il n'en a plus parlé.

Lambert et sa femme rentrèrent dans le salon.

La soirée s'écoula. Vers dix heures, Maurice se plaignit d'une douleur névralgique à la tempe.

— Vous n'auriez pas un peu de laudanum? demanda-t-il à Lambert.

— Non, répondit celui-ci, ni rien qui y ressemble.

— Cela se passe, du reste.

Quelques personnes étaient venues achever la soirée chez les Lambert; je ne fis guère attention à elles, car je ne les connaissais point. Je remarquai seulement une veuve d'une trentaine d'années, assez gentille.

Mme Gérard, voyant que je la regardais, me dit à voix basse et en souriant:

— Si vous n'étiez pas si jeune, voilà une charmante femme... et cinq ou six mille livres de rente.

— Et pas de testament à faire, dit Maurice en souriant et du même ton.

Je quittai la maison, enchanté de ma soirée. Je ne voulus même point, en sortant, demander à Maurice quel était son avis. Je sentais que ses préventions m'auraient fait l'effet d'une véritable ingratitude.

Quelques mois se passèrent. Aucune circonstance ne se produisit, du moins *à ma connaissance*, qui pût influer d'une façon défavorable sur mes relations avec Lambert. Je dois reconnaître, d'ailleurs, que Maurice paraissait avoir abandonné son système d'ironie à l'égard de sa *victime*, comme j'appelais Lambert en plaisantant. Maurice ne me parlait jamais de lui. Seulement, une nouvelle invitation nous ayant été adressée par Lambert, Maurice l'avait refusée, mais très poliment.

Nous continuions, comme par le passé, à nous réunir tous les quinze jours dans la soirée, au café dont j'ai déjà parlé. C'étaient toujours les mêmes parties de cartes et de dominos.

Un soir, c'était en plein été, le 12 août 187., il était environ sept heures. Nous avions dîné ensemble, Maurice et moi. Nous nous dirigeâmes vers notre café; quelques-uns de nos collègues nous avaient précédés. La conversation s'engagea, puis on apporta les cartes. Les parties s'organisèrent. Quelqu'un fit alors remarquer que Lambert n'était point encore venu, et le fait était d'autant plus extraordinaire que sa ponctualité était la même, qu'il s'agit du travail ou d'une partie de plaisir. Huit heures sonnèrent. Lambert ne venait pas. Je ne sais quelle vague inquiétude s'emparait de moi.

— Lambert serait-il malade? dis-je à voix haute.

— Impossible, répondit quelqu'un. N'est-il pas venu au bureau dans la journée? N'est-il pas parti en même temps que nous, bien portant comme à l'ordinaire?

On me suggéra l'idée de l'aller chercher; je ne sais qui. Mais ce n'était pas Maurice, qui paraissait absorbé dans une laborieuse partie de piquet. Je pris mon chapeau, sortis du café, et, quelques minutes après, je sonnais à la porte de Lambert.

Il vint m'ouvrir et parut surpris de me voir.

— Qu'y a-t-il donc? me demanda-t-il.

Sa femme était derrière lui; j'entrai dans la chambre. La vieille mère se trouvait à sa place accoutumée.

— Mais, répondis-je en riant, il y a simplement ceci: on vous attend au café, et je viens vous enlever.

Lambert sembla hésiter, puis:

— Non, pas ce soir, dit-il. Il fait si chaud que, ma foi, j'aime mieux rester ici, bien à mon aise... on étouffe dans votre café!

— Tu m'as promis de rester, dit doucement sa femme.

— Vous voyez, reprit Lambert, ma parole est engagée.

— Ah! madame, fis-je en m'adressant à la femme, nous ne vous prenons votre mari qu'une seule fois en quinze jours: Vous n'avez pas le droit de le garder, il est à nous...

Enfin, j'insistai tant et si bien, que Lambert se décida: il embrassa sa femme qui sourit en levant le doigt comme si elle eût voulu lui exprimer un mécontentement plaisant; il serra la main de sa belle-mère et me suivit.

Sa femme nous accompagna jusqu'au palier.

— Ah! dit Lambert en se retournant, n'oublie pas de rentrer l'oiseau avant de te coucher... Il y a eu de l'orage quelque part, et la nuit pourrait être fraîche.

— Oui, mon ami.

Je note ces futiles circonstances, parce que pas un détail de cette scène n'a pu sortir de ma mémoire, en raison des événements terribles qui l'ont suivie.

— Ma foi, me dit Lambert, comme nous nous dirigions vers le café, je ne sais quelle paresse me tenait aujourd'hui, mais je m'étais bien juré cependant de ne pas sortir.

— Je suis un tentateur, répliquai-je; mais en somme vous n'êtes peut-être pas fâché d'avoir été tenté.

Nous arrivions. Un instant après, Lambert était engagé dans une vigoureuse partie de dominos à quatre. Maurice était son partner.

La soirée se passa comme à l'ordinaire. Dix heures sonnèrent.

À ce moment, la porte du café s'ouvrit violemment; une femme haletante, essoufflée, se précipita dans l'intérieur, courut à Lambert, le prit par le bras, et d'une voix que l'émotion rendait presque inintelligible:

— Monsieur! monsieur! venez vite! Ah! mon Dieu! la pauvre femme!

Nous restâmes stupéfaits. Lambert était devenu horriblement pâle.

— Qu'y a-t-il? Qu'est-il arrivé? demandâmes-nous tout d'une voix.

Nous apprîmes alors qu'un horrible accident venait d'arriver; Mme Lambert était tombée par la fenêtre, et s'était tuée sur le coup.

Nous nous élançâmes aussitôt, sans raisonner, vers la maison de notre ami, qui, plus prompt que nous, courait de toute la vitesse de ses jambes. Maurice lui-même semblait très ému, et m'entraînait en me serrant le bras. Nous pénétrâmes dans la cour de la maison, encombrée par les voisins et les locataires.

Nous nous frayâmes un passage à travers la foule, et parvînmes au milieu de la cour. Là, un horrible spectacle frappa nos regards.

Une masse sanglante gisait sur le sol. La tête avait frappé le pavé, et sous le choc s'était ouverte; la cervelle avait jailli hors du crâne. Pauvre petite femme! Tout ce corps était brisé, écrasé, mutilé; la face disparaissait sous des plaques sanglantes. Lambert était à genoux auprès d'elle; il avait passé son bras sous le cou de la morte, et, les yeux fixés sur cette horrible destruction, il restait pâle, inerte, sans voix et sans larmes. Mais on voyait tout son visage se crisper sous les tortures d'une effroyable émotion.

Je ne sache rien de plus terrible. Avoir quitté, il y a deux heures à peine, une femme qu'on aime, l'avoir laissée pleine de vie, de santé, d'avenir… et tout à coup, sans transition, la voir, là, sous ses yeux, inanimée, défigurée, sanguinolente… c'est plus que n'en peut supporter la constitution humaine. Lambert tomba en arrière, à demi évanoui. On l'entraîna loin de cette scène déchirante.

Quant à la mère de cette pauvre femme, son état était plus effrayant encore: elle avait vu sa fille tomber par la fenêtre, et subitement, comme par un coup de foudre, elle avait été frappée de paralysie… ses jambes avaient refusé de la porter, et elle était restée dans son fauteuil, clouée, la tête seule et le cerveau vivant encore en elle… elle attendait qu'on lui remontât le corps de sa bien-aimée…

Nous prîmes le cadavre sur nos bras, et lentement… oh! bien lentement, comme si nous avions craint de faire du mal à la morte, qui, hélas! ne pouvait plus souffrir, nous parvînmes à l'appartement de Lambert, et nous déposâmes sur le lit ces restes sanglants et inanimés.

Comment l'accident était-il arrivé? Comme arrivent tous les accidents. Mme Lambert avait voulu retirer la cage de l'oiseau avant de se mettre au lit. Cette cage était suspendue à un clou, situé en dehors de la fenêtre. À ce moment, avait-elle été prise d'un étourdissement? avait-elle perdu l'équilibre? son pied avait-il glissé? toujours est-il qu'elle était tombée dans la cour, la tête la première, entraînant la cage et, avec une telle force que le clou avait été arraché du mur.

Inutile de dire que la cage avait été brisée en mille pièces.

Les voisins qui occupaient l'appartement d'en face l'avaient vue tomber et avaient poussé des cris déchirants. Mais il était trop tard...

Que faire? notre présence était inutile. Lambert était assis auprès du lit de sa femme, la tête cachée dans ses mains, ne parlant pas, n'ayant même pas la force de pleurer. Je lui serrai la main en silence, et nous nous retirâmes.

En m'en allant avec Maurice, je ne lui adressai pas la parole. Son visage était blanc comme un linge. En passant devant le ministère:

—J'ai oublié quelque chose au bureau, me dit-il. Attends-moi une minute.

Il monta et redescendit presque aussitôt. Nous nous séparâmes sans nous être dit un mot.

Le lendemain, je passai chez Lambert en me rendant à mon bureau: il se jeta dans mes bras, et pleura.

—Courage, lui dis-je en pleurant malgré moi.

Mais je sentais que les consolations banales n'étaient point de mise en semblable circonstance, et je partis. Naturellement, Lambert ne pouvait venir au bureau de quelques jours.

Maurice s'absenta lui-même pendant une semaine; il ne rentrait pas chez lui. Enfin, au bout de huit jours, il arriva au ministère:

—Écoute, me dit-il, je vais bien t'étonner. Je donne ma démission et je quitte le ministère...

—Impossible, m'écriai-je, quel est ce caprice?

—Je veux voyager. Je me sens malade. En somme, ce que nous faisons ici n'est pas gai, viens avec moi. Tu as, comme moi, besoin de distractions.

J'étais dans une de ces dispositions d'esprit où les résolutions violentes semblent être un soulagement. Je ne sais comment ni pourquoi, mais j'imitai Maurice, nous envoyâmes tous deux notre démission au ministère, et, le soir même, nous partions pour l'Angleterre.

....

Il n'entre pas dans mon dessein de raconter les incidents de nos pérégrinations. Nous visitâmes successivement les trois royaumes: l'Angleterre, l'Écosse et l'Irlande; nous passâmes ensuite en Belgique, puis en Allemagne. Au bout d'un an, nous nous trouvions à Francfort, venant de Hombourg, où nous étions restés deux mois. Nous étions au mois de septembre; il y avait donc treize mois environ que nous avions quitté la France.

Les premières étapes de notre voyage avaient été *dévorées* avec une inconcevable rapidité. Maurice m'entraînait, comme s'il eût voulu fuir quelque chose. Je l'avais interrogé. Je lui avais demandé s'il était survenu dans son existence un de ces terribles accidents qui font de la distraction une nécessité. Il m'avait répondu négativement; mais je n'avais pu m'empêcher de supposer qu'il ne me disait pas la vérité. Mon imagination était même allée plus loin; et j'avais tenté d'établir un lien entre la mort de Mme Lambert et ce départ précipité. Des relations auraient-elles donc existé entre elle et mon ami, sans que je le susse? Ainsi aurait pu s'expliquer aussi l'antipathie que lui inspirait le mari? Mais il était impossible pour moi de m'arrêter à cette hypothèse. À Paris, Maurice vivait en quelque sorte *avec* moi; nous ne nous quittions pas, et chacun de nous savait, heure par heure, ce que l'autre faisait. Avait-il donc connu cette pauvre femme autrefois? Pourquoi m'en eût-il fait mystère? Ces sortes d'aventures n'avaient jamais été secrètes entre nous; et nous nous faisions part de nos peines ou de nos joies de coeur. Puis Mme Lambert avait à peine vingt-trois ans, lorsque la mort l'avait frappée. Elle s'était donc mariée à seize ans. Comment Maurice l'eût-il connue avant son mariage? J'abandonnai cette supposition.

J'essayai plusieurs fois d'amener la conversation sur l'événement douloureux qui avait précédé notre départ; mais, à chaque tentative, je remarquai que Maurice détournait la conversation. Si bien que je me décidai à m'abstenir de toute allusion à ce sujet.

Nous étions tenus régulièrement au courant de ce qui se passait à Paris; dans chaque ville, nous trouvions des lettres et nous nous les communiquions. Cependant, j'avais cru remarquer que Maurice me lisait presque toujours les siennes et ne les plaçait pas sous mes yeux. Je pensai que décidément je ne m'étais pas trompé et que quelque rupture, quelque douleur amoureuse avaient motivé son étrange conduite. Je ne m'en plaignais pas, d'ailleurs; entre temps, il m'était survenu un petit héritage qui me permettait une certaine aisance, si bien que je ne regrettais ni ma position abandonnée, ni l'intéressant voyage auquel je m'étais si rapidement décidé.

Un jour donc du mois de septembre, Maurice, revenant de la poste, où il était allé chercher nos lettres, me dit brusquement:

— Cher ami, nous repartons pour Paris.

J'avoue que ce nouveau caprice me parut intolérable, et, avec une vivacité dont je ne pus me rendre maître, je reprochai à Maurice sa versatilité et surtout la désinvolture avec laquelle il disposait de mon temps et de ma volonté.

Maurice leva sur moi ses yeux tristes et profonds.

— Pardonne-moi, me dit-il, mais *il faut*, il faut absolument que nous allions à Paris… dans huit jours tu sauras tout, et tu me pardonneras.

Mon ami était si pâle, je compris si bien qu'une émotion terrible et involontaire le dominait, que je lui tendis la main et m'empressai de boucler ma malle, pour partir le plus tôt possible.

....

Pas un mot ne fut échangé pendant tout le voyage. Maurice s'était appuyé dans l'angle du wagon que nous occupions; la tête dans les mains, il réfléchissait profondément, puis il me regardait, me souriait et retombait dans ses méditations.

Enfin nous arrivâmes à Paris: c'était le matin. Nous prîmes une voiture, et, nous étant fait conduire à notre domicile, nous réparâmes le désordre de notre toilette. Puis nous allâmes déjeuner.

—L'heure est venue, me dit tout à coup Maurice. Ne m'interromps pas, il s'agit de Lambert... de cet excellent et honnête M. Lambert. Tiens, lis cette lettre...

Et il me passa une enveloppe qui portait une date ancienne de quatre jours seulement. C'était évidemment le contenu de cette lettre qui avait décidé notre brusque retour.

—Le dernier paragraphe, me dit Maurice

....

Voici ce que je lus:

«Notre ami Lambert, resté veuf après le terrible accident que vous connaissez, va se remarier. Il épouse Mme Duméril, une veuve qui, dit-on, a quelque fortune. Le mariage se fera dans les premiers jours du mois d'octobre.»

—Eh bien? demandai-je à Maurice en lui rendant sa lettre.

—Connais-tu cette Mme Duméril?

—Non, pas que je sache, du moins.

—C'est cette jeune veuve qui se trouvait chez... cet homme, le jour où nous y avons dîné...

Et comme je semblais attendre qu'il continuât:

—Te souviens-tu de ce que je t'ai plusieurs fois répété au sujet de Lambert?

—Veux-tu parler de tes préventions? je me souviens parfaitement que tu prétendais ne voir en lui qu'un...

—Qu'un infâme coquin...

—Mais je suppose que tu as abandonné cette opinion, démentie par tant de circonstances?...

—Si bien démentie que dans quelques heures tu auras la preuve... la preuve, entends-tu bien? que jamais pire misérable n'a existé.

—Je ne te comprends pas...

—Tu me comprendras. Inutile de te demander si je puis compter sur toi.

—Je voudrais cependant savoir...

—Aie confiance. T'ai-je jamais trompé, et ne t'ai-je pas toujours prouvé jusqu'ici que je voyais juste?...

L'air d'assurance avec lequel s'exprimait Maurice laissait si peu de prétexte à l'expression d'un doute que je me décidai à me livrer à lui.

—Où allons-nous? lui demandai-je quand nous sortîmes du restaurant.

—- Chez Mme Duméril.

Je sentis que toute question comme toute remontrance seraient inutiles, et je renonçai à deviner son projet.

Chemin faisant, Maurice m'avait appris que, depuis la mort de sa fille, Mme Gérard demeurait chez la jeune veuve, que, d'ailleurs, elle était complètement paralysée et incapable d'aucun mouvement. Seulement l'intelligence était encore vivace, et la vieille dame pouvait parler.

Je reconnus alors que, pendant toute la durée de notre absence, Maurice s'était tenu soigneusement au courant de tout ce qui intéressait Lambert: il n'avait pas quitté le ministère, et notre départ simultané avait même été cause de son avancement rapide. Il était maintenant commis principal à trois mille francs.

Mme Duméril demeurait dans une de ces grandes maisons de la rue de Sèvres qui ont encore conservé les allures hautaines du faubourg Saint-Germain: large porte, large escalier, larges fenêtres, plafonds élevés, de l'air et de la lumière à profusion; au fond, un jardin. Elle occupait un appartement au deuxième étage, ayant vue sur le jardin.

Maurice demanda au concierge si la veuve était chez elle, et sur la réponse affirmative qui lui fut faite, nous montâmes rapidement. Une servante nous introduisit dans un salon modestement, mais confortablement meublé. Mme Duméril nous reconnut et nous accueillit gracieusement, quoique on pût lire sur son visage une certaine surprise.

....

C'était une femme de trente ans environ, un peu grasse. Son teint était d'une blancheur de lait, la joue agréablement rosée, l'oeil brillant et doux à la fois; ses cheveux blonds semblaient abondants. En somme, c'était une très gracieuse et, selon l'expression consacrée, une très appétissante personne.

— Madame, lui dit Maurice après que les politesses d'usage eussent été échangées, pardonnez-moi l'indiscrétion de ma demande; mais est-il *vrai* que vous soyez sur le point d'épouser M. Lambert?...

— Mon Dieu, monsieur, répondit la veuve en souriant et en découvrant deux rangées de dents d'une admirable blancheur, il ne peut y avoir là aucune indiscrétion, puisque nos bans sont publiés...

— Alors, j'abuserai encore de votre complaisance en vous demandant si M.
Lambert ne doit pas venir aujourd'hui chez vous à trois heures...

— En effet, monsieur...

— Mme Gérard est ici, n'est-ce pas? continua Maurice, poursuivant son interrogatoire.

— Oui, monsieur, fit un peu sèchement Mme Duméril, qui commençait à s'étonner de ces questions multipliées.

Mais Maurice, qui semblait suivre un plan fixé d'avance, se tourna vers moi:

— Prie madame de te conduire auprès de Mme Gérard, j'aurais à causer quelques instants *seul* avec elle.

....

Ce fut à mon tour de trouver le procédé excentrique. Cependant je me levai et regardai Mme Duméril, qui paraissait hésitante.

—Écoutez, dit alors Maurice en se levant aussi et comme s'apercevant tout à coup de l'étrangeté de ses allures, il s'agit d'un intérêt des plus graves... Oui, des plus graves. Nous n'avons pas une minute à perdre, pardonnez-moi donc si je ne mets pas à mes requêtes les formes ordinaires... il y va de l'honneur et de la vie de quelqu'un.

Mme Duméril me regarda; je lui fis signe d'obéir au désir de mon ami, qui se promenait avec agitation, les yeux fixés sur la pendule. Un instant après, j'étais auprès de Mme Gérard, et la veuve retournait auprès de Maurice.

Quelques minutes s'étaient à peine écoulées, que j'entendis Mme Duméril pousser un cri; puis la voix de Maurice s'éleva, il semblait qu'il plaidât chaudement une cause grave. La veuve répétait, d'un accent qui arrivait à une tonalité aiguë:

—Ce n'est pas possible!

Puis la voix sévère de Maurice plaidait, plaidait encore. Une demi-heure passa ainsi. Je ne savais que penser. La vieille mère me demandait ce qui pouvait causer une semblable émotion à la fiancée de son fils, et je ne pouvais répondre. Enfin la porte s'ouvrit. Mme Duméril entra horriblement pâle, suivie de Maurice, très calme, mais également pâle.

—Viens, me dit-il.

....

La veuve nous suivit; puis elle nous ouvrit une porte latérale donnant dans un petit cabinet qui attenait au salon.

—Vous avez bien compris? lui demanda Maurice.

—Oui... mais je ne sais... aurai-je la force?

—Il le faut, madame, il le faut, reprit impérieusement mon ami. Du reste, vous ne serez pas longtemps seule avec lui. Ah! attendez, nous allons rouler ici le fauteuil de Mme Gérard.

Nous lui obéîmes; Maurice prit dans sa main la main inerte de la paralytique, et plongeant son regard dans le sien:

— Écoutez bien, madame, mère de la pauvre morte, écoutez bien ce qui va se passer... et n'oubliez pas qu'il n'y a pas d'impunis.

— Quoi donc? qu'y a-t-il? demanda la malade.

Au même instant on sonna à la porte.

— Le voilà, dit la veuve.

— Courage, maintenant, et souvenez-vous de *tout* ce que je vous ai dit.

Nous nous renfermâmes dans le cabinet, qui était éclairé par une large fenêtre. Maurice tira de sa poche un pistolet à deux coups, fit jouer les chiens, puis le désarma et le remit en place.

Du cabinet où nous étions on entendait tout ce qui se disait dans le salon.

Je reconnus immédiatement la voix de Lambert, cette voix pleine, franche, honnête, que je connaissais si bien.

La conversation s'engagea par des banalités. Évidemment la veuve était préoccupée et cherchait comment entamer le sujet qui motivait notre présence dans ce cabinet.

— Ah! à propos, fit-elle tout à coup, j'oubliais de vous dire quelque chose de... très curieux... oui, très curieux, en vérité. Dans le roman que vous m'avez prêté l'autre jour, j'ai trouvé ceci...

Maurice me saisit le poignet et le serra fortement.

Il y eut un silence dans le salon. Puis la voix de Lambert reprit:

— C'est curieux, comme vous dites...

Cette voix ne trahissait pas la moindre émotion.

— Allons, il est très fort, murmura Maurice.

— Mais, reprit Mme Duméril, vous n'avez pas remarqué, il y a du sang après ce clou...

— Du sang! cria Lambert. Puis, se remettant aussitôt: Mais vous n'avez pu trouver ce clou dans le livre dont vous parlez, car je l'ai acheté chez le libraire qui demeure juste en face de chez vous et je ne suppose pas... que l'on mette dans des romans des clous en place de signets.

—Mais... vous connaissez ce clou?...

—Certainement... c'est-à-dire non; pourquoi voudriez-vous que je le connusse?

—Enfin, cela ne fait rien... en tous cas, ce clou va m'être très utile; soyez donc assez bon pour l'enfoncer dans le mur de la fenêtre, là, un peu en dehors...

J'entendis que la fenêtre s'ouvrait.

—Tenez, voici le marteau... là, voyez-vous... J'y accrocherai la cage de mon petit oiseau...

....

Lambert laissa échapper une exclamation aussitôt réprimée.

—Mais, voyons donc, continua la veuve d'une voix câline, pourquoi hésitez-vous?

Lambert fit un pas vers la fenêtre; puis quelque chose tomba. Évidemment, c'était le marteau qui s'échappait de ses mains...

—C'est donc vrai, cria Mme Duméril... vous avez assassiné votre femme...

Deux cris partirent simultanément, poussés par Lambert et par Mme
Gérard. Maurice mit la main sur le bouton de la porte.

—Quoi! dit Lambert d'une voix étranglée... plaisanterie! assassinée! Qui? Moi? Ah! ah!

Il se laissa tomber sur un fauteuil.

—Oui! s'écria Mme Duméril, et la police vous cherche... dans dix minutes, elle sera ici...

J'entendis Lambert bondir sur ses pieds; puis d'un accent qui n'avait rien d'humain:

—La police! il n'y a pas de preuves!

—Pardonnez-moi, dit alors Maurice en ouvrant brusquement la porte, son pistolet à la main, il y a des preuves, vous êtes un assassin.

....

J'étais entré derrière Maurice. Lambert était debout, l'oeil hagard, fasciné, la bouche ouverte.

Maurice marcha vers lui.

— Assassin! répéta-t-il.

Lambert s'élança vers la porte; mais Maurice l'avait prévenu, et, lui appuyant le canon de son pistolet sur le front:

— Un pas et je vous tue comme un chien!

Puis, le saisissant vigoureusement par le bras, il le poussa sur le canapé, où le misérable tomba de toute sa hauteur.

Son visage était livide, décomposé, horrible à voir.

— Monsieur, lui dit Maurice, la police sait tout... quelqu'un vous a vu arracher le clou qui soutenait la cage, y substituer celui-ci... il y a encore d'autres preuves... mais nous ne voulons pas vous perdre. Nous vous offrons une porte de salut.

Lambert releva la tête; de grosses gouttes de sueur coulaient sur son front. Maurice posa sur la table du papier, une plume et de l'encre.

— Approchez-vous, dit-il à Maurice, et écrivez.

Le misérable obéit.

— Écrivez: *Puisque tout est découvert, j'avoue avoir assassiné ma femme, Marianne Gérard; c'est moi qui suis volontairement cause de sa mort, quoique toutes les circonstances aient été préparées par moi pour faire croire à un accident.*

Lambert écrivait machinalement, sans paraître comprendre le sens terrible des caractères qu'il traçait.

— Signez, maintenant, dit Maurice, et datez.

Lambert signa et data.

....

Maurice prit le papier, relut à haute voix, puis:

— Maintenant, voici ce que vous allez faire. Deux hommes sont en bas, que je vais faire monter. Ces deux hommes vous conduiront à Bordeaux, ils ont leurs instructions; là vous vous embarquerez sur un navire pour la terre de Van-Diémen... Si jamais vous reparaissez en France, soyez tranquille, je vous retrouverai et je vous conduirai moi-même à l'échafaud.

«Va, me dit-il, les hommes sont auprès de la porte cochère causant ensemble.

Cinq minutes après, je remontai, Lambert était accroupi sur le tapis, ne faisant pas un mouvement. L'un des deux hommes lui mit la main sur l'épaule; il tressaillit, regarda, frissonna encore, puis, se tournant vers Maurice:

— Vous ne me trompez pas, au moins?

— Non, fit Maurice avec dégoût, vous avez ma parole...

Lambert se leva, sembla vouloir parler; Maurice lui montra impérativement la porte. Les trois hommes sortirent.

....

Nous étions stupéfaits. Mme Duméril était tombée sur un fauteuil et regardait fixement à terre; la paralytique pleurait et gémissait.

Maurice reprit le premier son sang-froid:

— Avouez, madame, dit-il à la veuve, que vous l'avez échappé belle.

— Oh! monsieur, quel horrible événement... mais comment avez-vous su cela? Quel est ce témoin dont vous parlez?

— Ce témoin... il n'y en a pas. Je suis seul à connaître ce secret...

— Nous expliqueras-tu? m'écriais-je à mon tour.

— Demain soir. D'ici là, veillons au départ de notre prisonnier. À demain donc, madame, si vous le permettez.

— Je vous en prie, répondit la veuve.

....

Le lendemain, nous étions exacts au rendez-vous. Maurice nous montra d'abord une dépêche télégraphique venant de Bordeaux.

Lambert avait été embarqué, et le navire avait mis presque immédiatement à la voile.

— Maintenant, dit Maurice, je suis à vos ordres.

Nous nous plaçâmes autour d'une table, qu'éclairait une lampe à abat-jour. La paralytique contemplait Maurice avec une sorte d'effroi; quant à Mme Duméril, sa pâleur disait assez les émotions terribles qu'elle avait éprouvées depuis la veille.

— Ne croyez pas, dit alors Maurice, qu'il y ait en tout cela rien qui ressemble à la seconde vue ou au magnétisme: non que je nie la terrible puissance d'un agent encore presque inconnu; mais, dans le cas qui nous intéresse ici, il n'y a rien que de fort simple.

Maurice tira de sa poche un rouleau de papiers soigneusement ficelés, les posa sur la table, et à côté d'eux, deux clous, l'un long à tête plate et qui paraissait avoir été serré dans un trou plâtreux, l'autre court et à crochet.

— Avant tout, continua Maurice, il faut que je vous explique comment et pourquoi *à première vue,* ce Lambert m'a paru tel qu'il était en réalité, et pourquoi dès qu'il m'a abordé, j'ai reconnu que c'était un infâme coquin, ainsi que je l'ai dit le soir même de notre première rencontre à mon ami que voilà.

Je fis de la tête un signe d'assentiment.

— Permettez-moi de vous exposer une théorie qui est vraie, et que vous reconnaîtrez comme *telle,* puisque les événements qui viennent de se produire en sont une preuve évidente. Nous avons cinq sens, l'ouïe, l'odorat, le goût, le toucher et la vue. Je parle de l'ouïe en premier lieu et avec intention. Car de là, ma démonstration sera d'autant plus claire. Nul de vous n'ignore que certains sons flattent l'oreille; que d'autres, au contraire, heurtent et déchirent le *tympan,* selon l'expression familière, mais juste. Un son unique peut être trop violent, causer une sensation désagréable par son fracas; mais tout son unique étant nécessairement juste, la sensation qu'il produit n'est pas comparable à celle qu'éveille une *combinaison* de sons dont l'union est désagréable, autrement dit une combinaison fausse, une note fausse, c'est-à-dire se produisant simultanément avec d'autres notes qui lui sont naturellement antipathiques. En d'autres termes, toute oreille bien formée souffre d'un accord faux.

Mais aussi, il ne faut pas oublier que certaines oreilles sont plus sensibles que d'autres; que tel son qui produira chez celui-ci une impression brièvement pénible, sera pour tel autre une souffrance véritable.

C'est ainsi que la *justesse* de l'oreille de Paganini l'a amené, au dire de tous les vrais connaisseurs, à une *justesse* de jeu inconnue avant comme après lui. Il y a là une relativité qui s'explique, je le répète, par une construction plus ou moins parfaite de l'organe, par une sensibilité plus ou moins exquise. Mais, ce qui est vrai de l'oreille, ne l'est-il pas des autres sens? Si fait, en vérité, toute odeur qui *sonne* juste est agréable à l'odorat, toute odeur qui *sonne* faux le blesse et le gêne. Ainsi du goût. Certaines combinaisons de *notes* gastronomiques flattent le palais, d'autres au contraire le heurtent et le dégoûtent; parce que l'accord est juste dans le premier cas, faux dans le second. Il en est de même pour le toucher. La répulsion qu'inspirent les objets glutineux, visqueux, n'a pas d'autre motif que le désaccord d'une impression humide et froide, là où on s'attendait à trouver sec et chaud. Il y a accord faux dans l'impression qui se produit entre l'organe du tact et l'objet touché. Et j'arrive alors à l'organe visuel, aux yeux. Sur quoi se base toute la théorie de l'art plastique? Sur la symétrie, qui n'est autre chose que la combinaison de *notes* à rapports justes. Symétrie, harmonie. Et voyez, la langue même a consacré cette identité. En architecture, en peinture, en sculpture, il y a des notes justes et des accords faux. Mais ici, il faut s'arrêter un instant à l'organe de la vue. Les yeux produisent le regard, lancent leur note qui, ne vous y trompez pas, n'est pas généralement la même, de l'un et de l'autre oeil. Les deux notes-regards ne sont pas nécessairement *à l'unisson*, mais elles sont en tierce, en quarte, si vous voulez, et produisent soit un regard juste, soit un regard faux.

Or, voyez-le, ici encore la pratique a devancé la théorie. On parle tous les jours d'un regard *faux*. Rien n'est plus exact. Il y a des hommes dont le regard *sonne* faux. Mais ici, comme pour tous les autres sens, il y a, de la part de l'observateur, sensibilité plus ou moins exquise de l'organe d'examen. *Mes* yeux, à moi, sont doués de cette sensibilité; une note fausse en peinture, en art, me cause une véritable *douleur* comme celle qui déchire l'oreille à l'audition d'une discordance musicale... et notamment, le regard d'un autre homme, alors qu'il *sonne faux*, me frappe au premier coup d'oeil, me fatigue ou me *blesse*. Or, le regard de Lambert sonne effroyablement faux, c'est une de ces discordances qui ébranlent les nerfs et les font douloureusement vibrer. Ce que j'ai remarqué là, nul de vous ne l'avait compris, saisi. Et cependant, voyez, il y a des degrés; selon le degré de fausseté dans l'accord visuel, l'homme sera timide ou cauteleux, ou lâche, ou réellement coquin et misérable. Pour Lambert, je ne m'y pouvais tromper, cet homme était capable de tout, ses yeux *sonnaient* l'hypocrisie criminelle...

Maurice fit une pause; je réfléchissais à l'étrangeté du paradoxe, tout en m'avouant tout bas à moi-même, qu'il ne s'était *jamais* trompé. Il reprit presque aussitôt.

— Donc, cette impression m'ayant frappé, je m'étais dit: «Cet homme est capable de tout. Il commettra quelque crime. Étudions-le.» Lambert n'est pas un homme ordinaire, et c'est là ce qui l'a trahi. Avez-vous remarqué, continua Maurice en s'adressant à moi, que jamais Lambert n'a eu un mouvement, je ne dirai pas de colère, mais même d'impatience, même de dépit. Toujours la placidité la plus complète, la plus parfaite, la plus absolue. Or, comme la chose est impossible, comme il est antipathique à la nature humaine de ne pas ressentir et de ne pas traduire ses impressions d'une façon quelconque, restait à trouver comment chez lui se traduisaient, se *formulaient* ces impressions. L'étude a été longue, très longue. Son visage était toujours impassible, d'autant plus impénétrable qu'il semblait plus ouvert. Jamais un froncement de sourcils, jamais le moindre tremblement de la lèvre, jamais un clignement de la paupière, rien enfin qui parût répondre à une émotion, de quelque nature qu'elle fût. Ainsi, un trait curieux. Un jour, au café, un garçon laissa tomber un plateau chargé, juste derrière le dos de Lambert. Pas un muscle de son visage ne bougea; ce ne fut que quelques secondes après que sa physionomie exprima l'étonnement, mais parce qu'il avait compris ce qui s'était passé, et qu'*il fallait* mettre son visage à l'unisson des nôtres. Vous vous souvenez encore de nos parties de dominos; je ne pouvais que difficilement le gagner. Voici pourquoi: lorsque je joue, et que je prête volontairement mon attention au jeu, je ne perds pas de vue la physionomie de mon adversaire, et les signes imperceptibles pour tous, mais perceptibles pour moi, traduisant sur le visage la joie, ou l'hésitation, ou le dépit, à chaque dé relevé ou poussé, m'instruisent de tout ce que j'ai besoin de savoir. Du reste, ces études physionomiques sont connues, banales même, et je n'insiste pas.

«Mais, pour Lambert, le cas n'était pas le même. Je le répète, sur son visage pas un signe. Et ce fut cependant aux dominos que je résolus le problème tant cherché. Comment, chez cet homme, se traduisent physiquement les émotions morales? — Vous n'avez peut-être pas oublié qu'il avait l'habitude de relever les dominos de la main gauche et de les tenir tous, prenant un à un avec la main droite ceux qui lui étaient nécessaires. Eh bien! là était la solution.

«C'était dans les mains de cet homme que se traduisaient ses émotions. J'ai noté, catalogué en quelque sorte, la physionomie animée de ses doigts. Quelques exemples. Lorsqu'il était surpris, ses doigts se serraient fortement les uns contre les autres; était-il satisfait? au contraire, il y avait comme une détente naturelle de tous les muscles de la main: ses doigts s'écartaient, s'allongeaient, se mettaient *à l'aise*. Dans la colère, il abaissait le pouce sur la paume en le recouvrant des quatre autres doigts; dans la préoccupation, il frottait le creux de sa main du bout de ses quatre doigts. Sans le savoir donc, sa main me parlait comme l'eût fait sa physionomie.. C'était un homme très fort, qui avait habitué les muscles de sa face à lui obéir; mais il avait compté sans les mouvements réflexes, sans l'observateur et sans la fausseté de son regard. Du jour où je découvris son *alphabet* moral, je sus que je le tenais. Il ne s'agissait plus que de savoir son passé et de deviner vers quelle infamie tendait sa pensée.

«Lambert était le fils de petits négociants qui avaient mené pendant toute leur vie une existence gênée. Dès l'âge de raison, Lambert avait vu sa famille aux prises avec ces ennuis incessants, lancinants en quelque sorte, que la *gêne*, aussi terrible que la misère, traîne après elle. Vous comprenez quelle diplomatie il m'a fallu déployer pour obtenir ces renseignements, et je vous fais grâce des démarches sans nombre auxquelles je me suis livré, démarches d'autant plus délicates que, pour rien au monde, je n'eusse voulu éveiller les soupçons de Lambert. Bref, la maison de son père était sans cesse assiégée de petits créanciers, c'était la dette criarde, dans sa persistance et sa résurrection continuelles, qui, à chaque heure, venait montrer dans cet intérieur son visage insolent et faire entendre sa voix menaçante. À douze ans, il perdit son père; à quinze ans, sa mère. Livré à sa propre initiative et contraint de se créer dès lors des ressources personnelles, il entra comme petit commis dans un magasin. Voici une phrase de lui que j'ai recueillie et qui jette un grand jour sur ce caractère: «Pour avoir la tranquillité je ne sais pas ce que je ferais.» Et en effet, quoi de plus naturel! Depuis sa naissance, cet enfant n'avait eu sous les yeux que l'inquiétude qui pâlit et hébète. Jamais de repos, jamais de *tranquillité*! c'était donc là qu'il aspirait, et il disait quelquefois: «Je ne serai heureux que lorsque j'aurai trois mille livres de rente.» Vous constatez là l'aspiration au nécessaire qui donne le calme, à l'*aurea mediocritas* des anciens. Et n'oubliez pas que, pour être petit, l'objet d'une passion n'en est pas moins attractif. Remarquez que je néglige volontairement vingt détails qui, tous, se rapportaient à ces prémisses désormais indiscutables. Lambert *voulait* avoir le repos matériel assuré, ci: de trois à cinq mille livres de rente…

Ce point acquis, rappelons-nous la soirée passée chez Lambert, il y a environ vingt mois. Que nous a raconté Mme Gérard?… Que, lorsqu'il avait épousé sa fille, celle-ci devait, dans un temps donné, recueillir un héritage d'une centaine de mille francs. Sentez-vous comme le fil se rattache dans ce labyrinthe? Mais, me direz-vous, comment n'avait-il pas pris de précautions? comment n'avait-il pas insisté pour que le testament fût rédigé avant le mariage? Parce que Lambert était un pauvre petit commis à quatre-vingts francs par mois, parce qu'une chance inespérée se présentait à lui, que toutes les probabilités étaient de son côté, et qu'il n'eût pas voulu compromettre ces espérances par des insistances entachées d'une certaine indélicatesse… Mais le hasard fut contre lui. Le donataire présumé mourut subitement intestat. C'est alors que Lambert entra au ministère. Mais, je vous le dis, dès lors il avait formé le projet de tuer sa femme.

Nous ne pûmes retenir une exclamation d'incrédulité.

—Vous voulez une preuve, madame, fit Maurice en se tournant vers Mme Duméril; n'avez-vous pas remarqué, à cette époque, c'est-à-dire trois ans après son mariage, un changement de Lambert à votre égard?…

—Non, balbutia la veuve; si... je sais seulement qu'il me pria de venir voir souvent sa femme, qui était attristée de la mort de l'ami de son père.

—Eh bien! dès lors, il songeait à son veuvage et à son mariage avec vous. Autre preuve, celle-ci plus convaincante encore. Et cette fois, c'est Mme Gérard qui m'arrêtera si je me trompe. N'est-ce pas pour distraire sa femme que, quelques jours après la mort de cet ami, Lambert lui apporta un bouvreuil dans une cage?

—En effet...

—Qu'il plaça lui-même le clou auquel la cage fut suspendue... en dehors de la fenêtre?

—Vous avez raison.

—Eh bien! écoutez ceci: Lambert achetait tous les jours le *Petit Journal*. Le bouvreuil fut apporté le 16 mai. Or, voici ce qui se trouve dans les faits divers du 16 mai. N'oubliez pas cette circonstance, que les journaux portent la date du lendemain de leur apparition. C'est donc le 15 mai que Lambert lisait ce qui suit: «Hier, un horrible accident est arrivé dans la rue des Jeuneurs. Une jeune fille, habitant une mansarde, en se penchant pour décrocher la cage d'un oiseau, suspendue en dehors de la fenêtre, a perdu l'équilibre et est tombée sur le pavé, d'une hauteur de plus de quinze mètres. La mort a été instantanée.» Le lendemain, Lambert apportait un bouvreuil à sa femme; trois ans après, elle se brisait le crâne en décrochant la cage. Concluez.

Ces coïncidences étaient en effet bien surprenantes.

—Mais, lui dis-je, comment as-tu recueilli tous ces détails?

—Ne te souviens-tu pas que, pendant huit jours après la mort de Mme
Lambert, je n'ai pas paru au bureau?

—Permets-moi de te faire observer que je ne comprends pas pourquoi tu avais dirigé tes observations de ce côté. Qui t'a engagé à t'occuper de cage, d'oiseaux, de faits divers, de tous ces détails enfin dont rien ne devait te faire deviner prématurément l'importance?

— Ta remarque est juste. Mais j'ai les moyens de répondre victorieusement à toutes les objections. Premièrement, depuis plusieurs jours, Lambert était préoccupé, très préoccupé. J'avais remarqué, plus rapide et plus fréquent qu'à l'ordinaire, ce mouvement dont j'ai parlé consistant en un frottement de la paume de la main avec les quatre doigts. Mais maintenant, il faut que vous me suiviez pas à pas, avec la plus grande attention. Lorsque je vis le cadavre mutilé, je ne *doutai* pas que Lambert fût l'assassin de sa femme; mais les objections étaient nombreuses:

1° L'accident avait eu lieu en son absence;

2° Justement ce soir-là il n'avait pas projeté de sortir.

Mais voici ce que je me répondis immédiatement: L'accident avait été préparé de telle sorte qu'il dût nécessairement se produire pendant son absence. De plus, il avait fort bien prévu que, ne le voyant pas venir au café comme d'ordinaire, quelqu'un de nous viendrait le chercher. Enfin, point capital, n'avait-il pas dit à sa femme au moment où il sortait:

« — N'oublie pas de rentrer l'*oiseau* avant de te coucher… la nuit peut être fraîche.

— C'est clair, m'écriai-je, interrompant Maurice.

— Laisse-moi continuer. Il manque encore bien des anneaux à la chaîne. Mais, pour que j'aie pu dire avec autant d'assurance à cet homme qu'il était un assassin, il fallait que j'eusse encore d'autres preuves. D'abord, dès que je fus dans la cour, je ramassai le clou qui avait causé l'accident. Le voici, c'est un clou à crochet, en fer noir, long de six centimètres, et qui *n'a pas été enfoncé dans le plâtre,* car il ne porte pas les traces blanches qui devraient s'y trouver s'il y avait séjourné. Je mis ce clou dans ma poche. Puis nous nous en allâmes. Te souviens-tu qu'alors je montai un instant au bureau. Voici pourquoi: Le matin j'avais remarqué que Lambert était plus préoccupé que jamais. Je l'avais vu, machinalement, et comme cela lui arrivait souvent, griffonner, tout en réfléchissant, sur le bord d'un registre, puis il avait déchiré le coin du registre et avait jeté le morceau de papier après l'avoir froissé. De ma vue perçante, j'avais distingué la forme de ces griffonnages; ce fut un trait de lumière. Je courus à sa place et retrouvai dans le panier le morceau de papier.

Et Maurice déplia devant nous un feuillet déchiré en biais, dont voici le fac-similé ci-contre:

—Ce qui m'avait frappé avant tout, reprit Maurice, c'était cette forme embryonnaire d'oiseau. Mais je ne me doutais pas que tout l'aveu du crime fût là. Cependant, voyez. Sous le nom de Lambert, il y a... quoi?... un clou. Le clou amenant l'idée de suspension, machinalement il avait dessiné une sorte de potence; puis comme si l'idée d'oiseau se fût simultanément dressée dans son esprit, il avait tracé en un trait la forme d'accent circonflexe, retourné, qui sert à représenter l'oiseau volant dans l'air; l'idée s'était imposée plus fortement, et la forme s'était accentuée. Ce n'est pas tout. Ce treillis ombré ne répond-il pas à l'idée de cage? Enfin, examinez les traits qui terminent; tous ces traits ont été tracés rapidement de haut en bas; pour ceux qui sont contournés en vrille, cela ne fait pas de doute, relativement au sens dans lequel se trouvait le papier. Il serait impossible de les faire en remontant. Quant aux deux traits simples, ils ont été également tracés de haut en bas; car à leur partie supérieure ils sont plus gros et vont en s'amincissant jusqu'à leur extrémité. À quelle idée répondent ces traits? Vous l'avez déjà compris, à l'idée de chute soit tournoyante, soit droite, en tous cas rapide. Et, pour terminer, le croisement de hachures grossières, sans symétrie, comme se coupant et se déchirant l'une l'autre, n'est-ce pas à l'idée de destruction, de *brisement*, qu'il faut le rapporter? Réunissons donc tous les termes de cette incroyable fantaisie et nous trouvons l'enchaînement suivant:

    Clou,
    Cage,
    Oiseau,
    Chute,
    Destruction.

Rapprochons cela de l'accident; nous avons *le clou se détache; la cage et l'oiseau tombent, il y a chute* (de qui?) *et mort*. Et cela a été tracé le matin même. Commencez-vous à être convaincus?»

—Oui, oui, répondîmes-nous unanimement.

—Reste à savoir comment il a *préparé* l'accident. Et ici, comme pour le reste, je sais tout. J'avais constaté, je vous l'ai dit, que le clou qui s'était détaché ne me paraissait pas avoir été enfoncé dans le plâtre. En examinant avec soin le dessin, je remarquai que le *clou* dessiné machinalement par Lambert était à *tête plate* et non à crochet. Ceci me donna beaucoup à réfléchir. Le lendemain, ayant guetté la sortie de Lambert, je montai chez lui. Mme Gérard doit s'en souvenir. Le pauvre cadavre gisait sur le lit. J'ouvris la fenêtre, et, tout en examinant la place où avait été accrochée la cage, voici ce que je remarquai: j'enfonçai dans le trou du clou une petite branche de bois très mince. Le trou avait trois centimètres de profondeur. J'y plaçai le clou à crochet tout droit; il jouait et ne tenait pas. Alors, après plusieurs essais, je le posai dans la position que voici:

«AA représente le mur; B le fond du trou. En posant le clou à crochet dans la position inclinée, D s'appuyait contre le haut du trou, le clou touchait la saillie du mur, et, en pesant sur le point C à l'angle formé par le crochet, le clou tenait fortement. Or, c'était en C que se trouvait nécessairement l'anneau de la cage qui maintenait le clou. Que s'est-il passé? Lambert avait arraché pendant la nuit le véritable clou qui remplissait la cavité AB et lui avait substitué le clou à crochet. J'ai retrouvé le premier dans un coin de la cour. Mme Lambert s'occupa de retirer la cage. Or, sans doute elle l'avait fait plusieurs fois. Elle était *habituée* au clou à tête plate, au-dessus de laquelle passait sans effort l'anneau de la cage. Au contraire l'anneau se heurta à la partie relevée du crochet et entraîna le clou. Il y eut surprise, Mme Lambert crut évidemment que la cage échappait à ses mains, elle se pencha en avant comme pour la rattraper. D'où la perte d'équilibre et la chute.

Maurice s'arrêta. La sueur perlait sur son front. Nous nous taisions, il n'y avait pas un mot à répondre. Notre conviction était profonde, absolue, le plus léger doute était impossible. Et l'aveu de Lambert terrifié, fasciné, n'était-il pas là pour corroborer ces admirables déductions?

—Cependant, demandai-je à Maurice, comment expliques-tu, de la part d'un homme aussi profondément dissimulé que Lambert, cet aveu immédiat, sans tentative d'explication, de lutte?

—Si forts que soient les caractères, ils sont humains. Or, ce qui a renversé toute l'assurance de Lambert, c'est l'effroyable étonnement qui a envahi son âme. Avoir tout combiné si adroitement, si longuement, si habilement, que la cuirasse n'a pas un défaut, le rocher pas une fissure, puis voir tout à coup cette masse s'ébranler, s'ouvrir, se déchirer, c'est plus que ne peut supporter l'âme la plus forte. La sécurité même de Lambert l'a perdu.

....

Deux mois après, nous apprîmes que le vaisseau qui portait Lambert avait sombré en pleine mer et que tout l'équipage avait péri.

Mme Gérard n'avait pas assez vécu pour apprendre que sa fille était vengée. La pauvre paralytique était morte.

... Ah! j'oubliais de dire que j'ai épousé Mme Duméril.

FIN DU CLOU

MAISON TRANQUILLE

I

En vérité, était-ce bien une maison? Quatre murs, de couleur noirâtre, percés de quelques trous parallélogrammatiques décorés du nom de fenêtres, une porte brune, avec de fortes ferrures et de gros clous, le tout sombre, triste, ressemblant à un visage de nègre qu'on vient de fouetter. Les pierres ont leur résignation: celles-ci avaient l'air de supporter péniblement leur sort.

Jamais un éclat de voix ne venait les égayer, jamais une chanson ne les faisait rire. Elles s'atrophiaient dans leur immobilité, et, lourdes, elles s'appuyaient les unes sur les autres comme pour s'aider à porter le poids de ce silence. Cette masse s'ennuyait. Elle n'avait même pas cette ressource de procurer l'effroi à qui passait.

Quiet-House (*Maison Tranquille*) ne faisait peur à personne. Môle banal, au dessin carré, à l'allure bénigne, un bâillement de pierre: c'est tout.

On passait, on repassait devant cette curiosité, inanimée comme un sphinx endormi, sans même tourner la tête.

Elle était située à l'extrémité de la ville, au delà d'Hoboken[2], auprès des Champs-Élysées, dont les arbres ont la couleur mate des plantations de cimetières.

[Note 2: Faubourg de New-York.]

Pourquoi cette maison était-elle allée se placer là, comme un poste perdu? Nul n'y venait et nul n'en venait. C'était à supposer qu'elle n'était pas habitée.

À la maison attenait une sorte de parc, entouré de murailles trop hautes pour que le regard pût tenter une indiscrétion. En réalité, personne ne songeait à commettre semblable faute. L'habitation était isolée: donc pas de voisins intéressés à percer le mystère, si toutefois il en eût valu la peine. La route devant laquelle elle étalait sa façade grise était peu fréquentée, et il eût été presque surprenant d'y voir marcher quelqu'un après le coucher du soleil.

Mais le plus curieux, c'était moins ce que l'on ignorait que ce que l'on savait. Il était de notoriété publique que Quiet-House n'était pas abandonnée. Elle servait bel et bien de demeure à trois personnages, à quatre pour mieux dire: c'étaient deux médecins, les docteurs Aloysius et Truphêmus, dame Tibby, femme du premier, et la petite Netty, leur fille.

Comment se procurait-on les aliments nécessaires à la vie: voilà ce que personne n'aurait pu dire; et, sur ma foi, si bien que fût gardée la maison, il fallait que le secret fût bien caché, pour que nul n'eût pu le découvrir. En effet, John Clairfax, le boucher d'Hoboken, Smithson, l'épicier établi à côté de lui, Parden, le boulanger, n'avaient pu admettre tout d'abord que la clientèle de Quiet-House ne leur échût pas. Aussi s'étaient-ils présentés, dans le temps, pour offrir leurs services; ils avaient arrêté devant la porte leurs trois voitures chargées de provisions, l'une avec ses gigots pendants et ses quartiers de bœuf tressautant aux cahotements des roues, l'autre avec ses saucissons et ses chandelles disposées en guirlandes à la capote de cuir, le troisième enfin avec ses pains tout dorés et brillants.

Ils avaient dû frapper longtemps avant que ne s'ouvrît la porte blindée en dehors, verrouillée au dedans. Mais le fournisseur a l'âme patiente. Si bien que le panneau avait enfin roulé sur des gonds criards et qu'une figure douce et souffreteuse, encadrée de cheveux grisonnants, avait paru, regardant avec de grands yeux surpris les gens tenaces qui ne se rebutaient pas de ce silence prolongé.

—Que voulez-vous, messieurs? demanda d'une voix douce dame Tibby, femme du docteur Aloysius.

Mais reconnaissant bien vite à qui elle avait affaire:

—Oh! merci, dit-elle vivement, nous n'avons besoin de rien.

—Aujourd'hui, insinua gracieusement John, le boucher à la face réjouie, mais demain?

—Demain non plus, répondit dame Tibby.

—Alors, reprirent en même temps Smithson et Parden, ce sera pour la semaine prochaine.

—Inutile de vous déranger, messieurs, insista la femme; nous n'avons et nous n'aurons besoin de rien.

—Jamais! grogna John.

—Comment cela? cria Smithson.

—On ne mange donc pas ici! exclama Parden.

Au même instant, une tête blonde parût, à hauteur du coude de dame Tibby, tête d'enfant d'un ton singulier, tant il était clair et uni, quoique sans couleur.

Netty—car c'était l'enfant d'Aloysius—poussa un cri de joie et d'admiration en apercevant toutes les victuailles orgueilleusement étalées par les tentateurs:

—Oh! maman, s'écria-t-elle, qu'est-ce que c'est que cela?

—Rien, rien, mon enfant, dit dame Tibby qui tressaillit et regarda derrière elle comme si elle eût craint d'être surprise.

Puis, repoussant la petite Netty:

— Va-t'en, mon amie! et vous, messieurs, adieu, je vous dis... Je regrette de vous dire qu'il est inutile de revenir...

Et la porte se referma.

Les trois négociants se regardèrent; mais aucun d'eux ne trouvant sans doute une solution à l'étrange problème qui venait de leur être posé, ils s'en prirent à leurs chevaux qu'un vigoureux coup de fouet lança vers la ville.

Je vous dis... je regrette de vous dire... — avait insisté dame Tibby. Réellement elle avait accentué ces deux mots — je regrette — de bizarre façon, et si l'on ne craignait de se tromper on pourrait affirmer qu'en les prononçant elle avait regardé gigots, saucissons et miches de pain d'un regard presque ardent.

Elle avait pourtant ajouté qu'on n'aurait jamais besoin de rien!

Revenus à Hoboken, les fournisseurs déclarèrent avoir rencontré une famille de gens qui ne mangeaient pas. Un homme pratique répondit que ces gens-là étaient bien heureux; plusieurs ajoutèrent que c'était une notable économie d'argent. Et comme tout Américain doit, en premier lieu, négliger de se livrer à des réflexions inutiles, personne ne songea plus aux habitants de Quiet-House, qui restèrent libres de vivre à leur guise.

II

Troisième personnage; le docteur Aloysius, maître de la maison. Pour parler de lui, la transition est facile. Car seul, on le voyait quatre ou cinq fois par an sortir de la maison fermée. Ce jour-là la porte laissait passer une sorte d'émaciation vivante qui avait une tête, des bras et des jambes et qui devait avoir évidemment la prétention d'appartenir à la race humaine. La tête était pointue, anguleuse: il y avait au-devant de cette tête un visage jaune qui, si la peau eût été grattée, aurait peut-être révélé le plus curieux de tous les palimpsestes; ce visage avait une proéminence dans laquelle on avait quelque peine à reconnaître un nez, tant les narines serrées faisaient ressembler la chose à un morceau de lame de couteau, fichée entre deux joues, d'ailleurs plates et creuses. La bouche était un trou pale, au fond duquel on eût en vain cherché des dents. Les gencives avaient la couleur des lèvres, *id est*, point de couleur. Les yeux étaient noirs comme de l'anthracite, le crâne pelé, la barbe absente. Rien de l'oiseau de proie cependant: dans toute la physionomie, une bonasserie morne, une inertie peut-être inoffensive, mais peut-être cachant l'indifférence la plus absolue pour le bien comme pour le mal.

Les jambes, véritables types de fuseaux, sortaient d'un sac sans forme, qui avait dû être noir mat, mais était lustré par l'usure et la vieillesse. Les mains osseuses s'étendaient hors des manches élimées et toutes frangées.

Donc le docteur Aloysius paraissait au seuil de la maison: un autre personnage l'accompagnait jusqu'au perron. C'était le quatrième: maître Truphêmus.

Antithèse vivante de chair et d'os. De chair surtout. Truphêmus était rond: il représentait le cercle comme Aloysius la ligne droite. Et, en vérité, moins le cercle que la sphère. Tout était rond en Truphêmus, ensemble et détails. Agglomération de boules formant boule.

La tête d'abord, ronde avec des yeux ronds, bombés; une bouche ronde, des joues rondes, un menton rond, un nez rond. Les épaules fuyaient dans une douce déclivité pour encadrer un thorax qui ne faisait qu'un avec le ventre, proéminent et se fondant avec les hanches, les cuisses et le reste. Le dos voûté ne déparait pas cette sphéricité: rien de droit ne brisait cette courbe. Les jambes complétaient, pôle sud, la tête qui figurait le pôle nord. On eût dit une outre qu'un verrier venait de remplir d'un souffle vigoureux.

Les deux docteurs causaient un instant sur le pas de la porte. Maître Aloysius tirait de sa poche un papier qu'il déroulait, puis lisait quelque chose que maître Truphêmus écoutait avec l'attention la plus profonde. C'était une liste. Truphêmus hochait la tête, approuvait ou avançait les lèvres, comme pour dire: Heu! heu! peu utile! Alors Aloysius biffait. Ce travail de vérification achevé, Aloysius remettait le papier dans sa poche, tendait à Truphêmus sa main longue qui enserrait les doigts potelés de son compagnon.

La porte se refermait, Aloysius partait.

Son absence durait jusqu'au soir. Vers six heures, on voyait sur la route quelque chose d'insolite. C'était une voiture à bras, tirée par un homme. Maître Aloysius marchait derrière, couvant de son regard noir la cargaison du véhicule.

Cargaison bien étrange. Un amas de ferraille. Des débris de métaux de toute sorte; puis pêle-mêle des flacons, pleins de matières de toutes couleurs, du bleu, du jaune, du vert, du rouge, voire même du blanc. La voiture était lourde, car l'homme suait et ses épaules, tendues en avant, s'arquaient sous la pression des bridelles de cuir. Par bonheur, la route était plane.

Le cortège arrivait devant Quiet-House. Maître Aloysius enjoignait au portefaix de s'arrêter quelques pas avant la maison. Puis il allait frapper lui-même de façon particulière, et on lui ouvrait de l'intérieur sans retard.

Maître Truphêmus apparaissait de nouveau, comme ces personnages des horloges qui sortent de leurs niches à certains moments de la journée.

Il venait avec son confrère, enlever successivement de la voiture les objets qu'elle renfermait: c'était un assez long travail, car elle était bondée au-dessus des ridelles. Et puis maître Truphêmus s'arrêtait parfois en chemin pour contempler le précieux fardeau qu'il portait dans ses bras: c'étaient par exemple de vieux morceaux de gouttières ou des barreaux rouillés, arrachés à quelques rampes d'escalier. Il les couvait amoureusement du regard, et, n'était le respect humain, on comprenait qu'il les eût baisés.

Mais Aloysius entendait qu'on se hâtât. Et, s'apercevant du trouble de son compagnon:

—Allons, vieux gourmand, lui criait-il, un peu plus vite que cela! Vous savez bien que le dîner attend.

Dame Tibby se mettait de la partie: et les objets passaient par les mains des trois personnes, comme les briques que les maçons montent d'un étage à l'autre. Netty elle-même avait son rôle. Aloysius lui donnait les plus petits morceaux avec une tape amicale sur le front.

On payait l'ouvrier qui repartait avec un air visible de satisfaction, preuve que le travail était grassement rétribué.

III

Pénétrons dans Quiet-House.

Il est sept heures du soir. Il fait presque nuit. Si bizarre qu'elle soit à l'extérieur, la maison est plus étrange encore à l'intérieur. Pas une pièce régulière et qui ait réellement droit au titre de chambre. Essayons cependant de décrire.

D'abord, les caves ne font qu'un avec le rez-de-chaussée et le premier étage. Seul, le second étage paraît soutenu par un plancher immobile. Tout l'espace qui s'étend depuis ce plancher jusqu'au sol à fleur de fondations est rempli par des caisses de diverses grandeurs que soutiennent dans le vide des chaînes et des cordes fonctionnant au moyen de poulies fixées à des poteaux de fer.

Ces caisses sont de grande taille, plus hautes qu'un homme ordinaire et formant un cube régulier. Elles sont munies d'une porte. Les poteaux de fer ont des bras mobiles qui tournent sur eux-mêmes, si bien que les caisses peuvent changer de position sur toute la largeur de la maison; au moyen de chaînes et de poulies mises en mouvement par un mécanisme dont les engrenages se voient de tous côtés, on peut les descendre à telle hauteur qu'on le désire. Quand toutes ces caisses sont élevées en l'air, elles laissent absolument libre le fond des caves.

Ici, il est plus facile de se rendre compte de la nature du lieu. Ce ne sont que fourneaux de formes bizarres, appareils de toute nature, cornues, alambics, matras; puis des instruments de mécanique, une énorme machine électrique dont le disque de verre mesure plus de deux mètres de diamètre.

Ce sont là matériaux de chimiste et de physicien, à n'en point faire douter un seul instant.

Toute la portion de la façade qui regarde du côté du jardin, dont nous parlerons plus loin, est percée de hautes ouvertures, qui se ferment à volonté au moyen de volets glissant dans des rainures *ad hoc*.

Dans les coins, des amas de matières de couleur noirâtre, débris métalliques et rouillés. Aux murs, presque à ras du sol, des planches supportant des bouteilles, à demi ou complètement remplies de sels, de poudres, d'extraits, le tout étiqueté soigneusement.

En un point spécial, une planchette clouée à la muraille, et percée de trous au milieu desquels on voit des boutons blanchâtres, surmontés de petits écriteaux, portant ces mots: Me Aloysius, — Me Truphêmus, — Salle à manger, — Bibliothèque.

Ces mêmes indications se répètent sur les caisses de bois. Les boutons mettent en jeu des appareils électriques. Selon qu'on presse celui de droite, de gauche ou du milieu, la chaîne qui se déroule laisse descendre le cabinet d'Aloysius ou la bibliothèque. On adapte une échelle qui va du sol à la caisse, on ouvre la porte, et on s'introduit dans la boîte.

Au moment où nous jetons dans Quiet-House un regard indiscret, Truphêmus est au fond de la cave, et à la lueur d'une lampe de forme bizarre, dont se dégage la lumière blanche de l'électricité, suit dans un creuset le travail de transformation qui s'opère. Mais Truphêmus est visiblement préoccupé. Ses yeux ronds regardent mal, et sa pensée ne va pas droit son chemin.

Aussi, en un moment donné, fait-il un geste de découragement suivi d'un autre geste de décision. Il vient de prendre une résolution. Il écarte le creuset du foyer électrique qui maintient la fusion. Puis il se dirige vers le tableau indicateur et pousse violemment le bouton d'Aloysius. Un peu trop fort, en vérité, car voilà la chaîne qui tourne sur la poulie avec un grincement rapide, et la boîte qui descend comme si elle tombait; mais les ressorts sont solides. La caisse s'arrête avec un tressautement.

Truphêmus applique l'échelle, étendant les bras autant qu'il est en lui, pour permettre l'ascension de son ventre proéminent. Il ouvre la porte.

Aloysius a été à demi renversé par le choc. Et ses membres osseux ont quelque peu souffert dans cette descente brusque.

—Que diable! mon ami, s'écria-t-il à l'apparition de Truphêmus, qu'est-ce qui vous prend? Votre visite ressemble à la chute d'une avalanche.

Truphêmus ne répond pas. Il referme soigneusement la porte, et par un mouvement instinctif regarde autour de lui pour s'assurer que nulle oreille indiscrète ne peut entendre ce qu'il peut avoir à confier à son confrère. Et de fait, vu la disposition des lieux, la chose eût été vraiment malaisée.

—En tous cas, reprend Truphêmus, en réponse à la vive interpellation de son ami, chute est impropre. L'avalanche descend, et je monte.

—Soit. Du reste, le point est peu important, et votre purisme peut me faire grâce pour cette fois. Enfin, de quoi s'agit-il? Avons-nous quelque accident en bas?

—Aucun.

—Le brome va-t-il bien?

—Admirablement.

—Le cyanure de potassium se comporte?...

—Comme il convient.

—J'en suis fort aise, car vous m'aviez fait une peur!...

—La peur n'est qu'une contraction musculaire...

—Et involontaire. Mais ce n'est pas la question. Expliquez-vous, je vous prie, car j'ai hâte de me remettre au travail.

Maître Truphêmus, ainsi mis en demeure de s'exécuter, posa sa rotonde personne sur une pile de livres gisant à terre, et, appuyant son visage entre ses deux mains, les coudes portant sur ses genoux, regarda Aloysius de ses yeux d'un bleu mat.

— Cher ami, je crois que, depuis notre liaison — ou mieux notre association scientifique — nous n'avons qu'à nous louer des progrès obtenus...

— J'en tombe très volontiers d'accord. Et, puisque j'en trouve l'occasion, permettez-moi de reconnaître l'étonnante faculté d'intuition dont vous êtes doué et qui nous a permis de résoudre des problèmes devant lesquels les plus savants avaient reculé...

— Comme aussi je vous demanderai l'autorisation de rendre justice aux surprenantes preuves de ténacité et de persévérance dont vous avez donné des témoignages extraordinaires.

Les deux savants saluèrent. On se serait cru dans une Académie.

— Passons! dit Truphêmus.

— Passons! dit Aloysius.

— Et au nombre de ces problèmes, je prendrai la liberté, continua Truphêmus, de signaler tout particulièrement celui de l'alimentation. Vous connaissez la question aussi bien, je dois même ajouter mieux que moi; cependant laissez-moi résumer les découvertes que nous avons réalisées.

Aloysius ferma les yeux et croisa ses doigts qui craquèrent. Il écoutait.

— De quoi se nourrit le corps humain? Reprenons pour quelques moments le langage des routiniers ignorants. À cette question, ils répondent... quoi? Que le corps se nourrit de substances végétales et animales; les aliments doivent être tirés de ces deux espèces de la nature, et ils excluent les substances purement minérales.

— Comme si les Otomaques et les Guamos des bords de l'Orénoque ne se contentaient pas de terre seule!

— En effet... reprit Truphêmus, dont le ton indiqua le regret d'être interrompu. Je continue. Mais qu'est-ce que les substances végétales ou animales, sinon des combinaisons diverses d'éléments primordiaux nécessaires à la nutrition; éléments peu nombreux, et qui seuls, j'insiste sur le mot, concourent utilement à l'entretien de la machine humaine? Précisons. Tout ce qui est nourriture se compose de matières azotées mêlées à d'autres substances privées d'azote. Et là est le point, j'ose le dire, où nous avons véritablement franchi d'un seul bond la limite que nous imposait la stupidité des impuissants... Partant de ce principe, que l'azote est le nutritif par excellence, nous nous sommes dit: Pourquoi l'humanité se crée-t-elle depuis si longtemps des tracas et des dangers sans nombre, pour chercher dans tous les pays du monde des substances de saveur, de forme, de couleur diverses, quand il est si simple...

— De s'en tenir aux éléments même de la nourriture.

— Parfaitement, et pour cela faire, que fallait-il?

Ici Truphêmus appuya lentement sur chaque mot.

— Analyser des éléments du corps de l'homme, en établir les quantités proportionnelles, afin de les remplacer au fur et à mesure de leur épuisement.

— En vérité, dit Aloysius, on ne saurait énoncer plus clairement nos idées.

— L'homme, continua Truphêmus visiblement flatté de cet hommage direct, contient de l'oxygène, de l'hydrogène, de l'azote, du phosphore et du fer... Si, par combinaison binaire ou tertiaire, ces éléments produisent des substances diverses, sels, acides ou autres, sous l'influence de la vie, elles produisent la matière organique, et, comme l'a si bien dit le grand Berzélius, les matières organiques sont des oxydes de radicaux, qui eux-mêmes résultent, les uns de deux éléments, carbone et hydrogène, ou carbone et azote; les autres de trois éléments, carbone, hydrogène et azote... Mais passons sur les détails.

— Oui, passons! répéta Aloysius.

— Devions-nous donc accepter, sans mot dire, la ridicule condamnation prononcée par l'ignorance contre quiconque tenterait de reconstituer les matières organiques? Doebereiner, Hatchett et Woehler ne nous avaient-ils point prouvé que la solution du problème était proche? Qu'avait-il manqué à leurs expériences pour qu'elles fussent définitives?

Et Truphêmus regarda son vieux compagnon d'un air malin. Aloysius sourit.

— Oui, que leur avait-il manqué? dit-il à son tour.

Il y eut un moment de silence. Les deux savants savouraient leur triomphe en le renouvelant par la conversation. Mais Truphêmus reprit le premier sa gravité:

—Il leur avait manqué, à ces précurseurs d'Aloysius et de Truphêmus, de comprendre que si les combinaisons s'effectuaient, c'était sous l'influence d'un principe qu'il n'est pas donné à l'homme de définir, mais dont il constate l'existence... à savoir le principe de la vie, et que par conséquent, pour que la matière organique se produisît, il fallait que les combinaisons se fissent sous l'influence de ce même principe. En un mot, et pour finir, il suffisait d'introduire dans le corps humain l'oxygène, le carbone, l'azote et l'hydrogène, pour que sous l'action de la vie la matière se reconstituât.

—Et quand on songe, dit Aloysius pensif, que des générations successives ont souffert de la faim parce qu'elles ne pouvaient se procurer de froment, de viandes ou de légumes.

Chacun de ces trois mots avait été prononcé avec un dédain intraduisible, qui s'accentua d'ailleurs dans un ricanement de Truphêmus.

—Pourtant, la sagesse des nations, objecta-t-il, n'avait-elle pas tracé à l'humanité sa véritable voie dans cette phrase: «Vivre de l'air du temps...» Mais passons.

—Passons! répéta encore une fois Aloysius.

—Il s'agissait donc d'opérer l'ingestion dans l'organisme humain, et pour les soumettre à son action, des éléments premiers de toute nourriture, après avoir toutefois soigneusement établi la proportion des poids atomiques... pour des analystes tels que nous, cher maître, c'était un jeu...

—C'était un jeu, dit Aloysius flatté à son tour.

—Puis, de réduire ces éléments sous une forme telle que leur ingestion fût facile, laquelle forme s'imposait elle-même, la forme liquide. C'est alors que, parvenus à obtenir la liquéfaction de l'azote, vainement tentée jusqu'ici, à modifier les proportions combinées de l'oxygène et de l'hydrogène, de façon à produire des eaux diverses, nous avons composé ces liqueurs différentes qui, depuis tantôt un an, servent à notre nourriture.

— Et nous ne nous en portons pas plus mal, fit Aloysius, que sa maigreur paraissait enchanter.

— Je m'en porte même d'autant mieux! dit Truphêmus en fermant les yeux et en tapotant des doigts son ventre rond et creux.

— Il faut dire, reprit Aloysius, que vous êtes un gourmand... un gourmand d'azote surtout. Peste! quelle consommation! Aussi cela vous profite...

— Que voulez-vous! je suis un mangeur!

— Mais quelle joie, continua Aloysius, de se sentir dégagé de tous ces soucis ridicules auxquels l'humanité s'est si longtemps condamnée, de n'avoir plus ces prétendues recherches de goût qui vous faisaient l'esclave de quelques papilles nerveuses... Mais pourquoi m'avez-vous rappelé tout cela, cher maître?

— Parce que, mon ami, je suis sur la trace d'une découverte encore plus étonnante, encore plus remarquable...

— Impossible!

— Je vous l'affirme.

— Parlez! parlez vite!

— Je vous avoue, dit Truphêmus, que notre entretien s'est prolongé plus que je ne l'avais supposé... j'ai une faim! Si vous le permettez, nous le reprendrons après dîner... et, à propos, quelle est la carte aujourd'hui?

— C'est le jour des oeufs... $C^{48}, H^{36} AZ^{16}$[3].

[Note 3: Formule chimique de l'albumine.]

— Fort bien. Allons dîner.

IV

La caisse qui portait le titre de salle à manger n'était pas le lieu le moins bizarre de cette habitation d'excentriques.

Lorsque les deux savants y entrèrent, par les moyens décrits, les deux autres habitants de la maison s'y trouvaient déjà, c'est-à-dire dame Tibby et sa fille.

Au milieu de la pièce s'étendait une table qui n'aurait rien offert de remarquable si sa nappe étincelante de blancheur n'avait été couverte d'objets peu propres à donner l'idée d'un repas.

Aux quatre places qui allaient être occupées par les convives se trouvaient divers appareils de forme étrange, flottant entre le flacon et l'alambic.

Au bout de la table un ballon de verre à col effilé se recourbant et trempant dans un petit seau rempli de limaille. Au-dessus du ballon, une lampe électrique avec ses deux pointes de charbon.

À l'arrivée d'Aloysius et de Truphêmus, la femme et l'enfant se levèrent.

Dame Tibby était jeune encore, quarante ans à peine. Elle avait sans doute été jolie, ainsi qu'on en pouvait juger par la finesse de ses traits. Mais toute sa physionomie était empreinte d'une telle expression de souffrance, ses joues amaigries révélaient une fatigue si profonde, qu'elle semblait moins une femme qu'une ombre endolorie.

Netty était petite: elle avait cinq ans, mais avait à peine atteint la taille de deux ans. Son teint était si blanc, son front si pâle, qu'on hésitait à croire que ce fût du sang qui coulât dans ses veines. Seuls les yeux vivaient: dans son regard il y avait une malice, ou mieux, une méchanceté diabolique. Pas un éclair de douceur, mais une *âpreté* continue. Si elle parlait, sa voix était sèche et dure: on aurait cru entendre le grincement des rouages d'une automate.

Maître Aloysius, le père, s'approcha d'elle et lui fit sur les cheveux une caresse amicale: l'enfant ne sourit pas. Elle tourna sur le savant ses yeux mats et fixes, avec leur reflet d'acier bleuâtre.

Truphêmus salua galamment dame Tibby, en lui disant de sa voix flûtée:

— Eh bien! sommes-nous en appétit aujourd'hui?

Dame Tibby semblait douce: mais il ne faut jamais oublier que les apparences sont éminemment trompeuses. Elle releva la tête à cette interpellation comme le cheval qui sent l'aiguillon:

— En appétit! s'écria-t-elle. Je voudrais bien savoir si la faim n'est pas ici une maladie chronique.

— Eh! eh! ricana Aloysius, voici que vous aussi, chère amie, vous vous habituez à parler le langage scientifique...

— Mieux, du moins, fit-elle d'un ton de colère, qu'à avaler vos misérables drogues...

— Là! là! ne nous emportons pas, reprit Aloysius, tandis que Truphêmus jugeait inopportun de se mêler à la conversation. Je sais que vous êtes attachée aux mesquines préoccupations de la vie des ignorants...

— Certes, si vous entendez par là les rumpsteaks de boeuf ou les côtelettes de mouton...

Aloysius sourit avec une expression de profonde pitié.

— Vous vous laissez séduire par la couleur, par le goût! Tenez, continua-t-il en soulevant et en approchant de son oeil un des flacons déposés sur la table, voyez cette liqueur pure et claire: elle renferme tous les éléments constitutifs des mammifères herbivores... Rien n'y manque. En quoi vous serait-il plus agréable, je vous le demande, de vous fatiguer les dents à déchirer et à broyer cette chair fibreuse? Mais assez sur ce sujet. Ce que saint Chrysostôme disait du jeûne, je l'applique à notre système: C'est la mort du vice, la vie de la vertu; c'est la paix du corps et l'ornement de la vie; c'est le rempart de la chasteté et le boudoir de la pudeur...

— Bravo! dit Truphêmus. Encore un peu d'azote, je vous prie.

— Prenez garde, cher ami, reprit Aloysius en lui passant le tube; vous arriverez à la pléthore; et alors, gare à la congestion!

— Après nous le déluge!

— Cet — après nous! — ne tardera pas beaucoup! murmura l'incorrigible dame Tibby, en sirotant à petits coups une combinaison d'hydrogène et d'acide carbonique.

— Encore! fit Aloysius avec une mine d'impatience. Dame Tibby, ma chère, nous ne nous entendrons donc jamais?

— Non, certes, tant que vous nous condamnerez, Netty et moi, à cette maudite nourriture.

— Je vous ferai remarquer, mon amie, que notre Netty est loin de s'en plaindre.

— Cela ne m'étonne pas! Elle n'en aurait pas la force. Tenez, puisque nous venons à ce sujet, je vais vous dire une fois pour toutes ce que j'ai sur le coeur... Avec vos prétentions de savant, vous et votre digne acolyte, M. Truphêmus, vous êtes des fous...

— Oh! fit Truphêmus, directement interpellé et interrompu dans la dégustation d'un mélange à base d'acide cyanhydrique pour activer la digestion.

— Vous n'avez pas besoin de protester, monsieur Truphêmus! s'écria dame Tibby, qui s'exaltait, vous êtes des fous et des assassins!... Oui, des assassins! Et ce qu'il y a de plus atroce, monsieur le grand docteur Aloysius, c'est que, non content de tuer votre femme, voilà que vous empoisonnez votre enfant!...

— Madame! interrompit Aloysius, les substances vénéneuses...

— Avec cela qu'il ne suffit pas de la regarder, cette pauvre chérie! Est-ce que c'est là un enfant? Elle va avoir cinq ans... cinq ans, entendez-vous?... dans deux mois! Eh bien! est-ce que c'est là une fille de cinq ans? Elle est toute petite, toute faible... Ah! tant que j'ai eu du lait, moi, sa mère, je l'ai soutenue, je l'ai nourrie... Lors de vos premiers essais, j'ai réussi à introduire ici quelques bribes de cette nourriture que vous dédaignez, mais qui lui était nécessaire... Aujourd'hui, rien, plus rien que vos répugnantes combinaisons!... et elle meurt de votre azote et de votre oxygène... mais vous êtes content, vous! Elle est souffreteuse, rachitique, elle ne grandit pas, elle ne vit pas, la mort a déjà la main sur elle... Et vous, enfermé dans votre officine d'empoisonneur, vous cherchez le plus court moyen de vous débarrasser d'elle et de moi!

Dame Tibby, épuisée par ce violent effort, retomba sur son siège.

Aloysius avait repris le calme qui convient aux adeptes de la vraie science. Seulement il murmurait:

—La femme, a dit saint Jean Chrysologue, est la cause du mal, l'auteur du péché, la pierre du tombeau, la porte de l'enfer, la fatalité de nos misères.

L'enfant regardait successivement sa mère et le docteur de son oeil atone.

Truphêmus mangeait... scientifiquement.

—Vous avez fini? demanda enfin Aloysius. À qui n'a pas la foi, nul ne peut la donner. Notre système repose sur des données positives que vos criailleries ne pourront infirmer... J'ai dit.

Le docteur était cependant plus troublé qu'il ne le voulait laisser paraître.

Truphêmus se pencha vers lui, et lui dit un mot à l'oreille. Aloysius le regarda d'un air à la fois surpris et joyeux.

—Oui, oui, reprit dame Tibby qui avait surpris cet aparté, complotez, complotez... mais tout cela ne peut durer.

—Madame, dit Truphêmus, qui se redressa autant que sa rotondité le lui permettait, laissez-moi vous dire que vous vous méprenez sur mon caractère, si vous supposez un seul instant que je puis donner quelque mauvais conseil au docteur Aloysius...

«Je suis persuadé au contraire que vous me remercierez lorsque vous connaîtrez le résultat de l'entretien que je sollicite en ce moment du père de Netty...

Dame Tibby haussa les épaules. Et, après ce geste irrévérencieux, la séance fut levée.

Quelques instants plus tard, les deux savants, grâce aux combinaisons mécaniques dont il a été parlé, se trouvaient dans la caisse dite cabinet de travail du docteur Aloysius.

—Mon cher ami, disait Aloysius, ne vous jouez pas de mon impatience... je vous avoue que les paroles de dame Tibby m'ont vivement ému, sans que je voulusse le lui laisser voir... et je ne suis pas sans inquiétude sur le sort de notre chère Netty...

—Aussi, que vous ai-je dit tout à l'heure?

— Que vous aviez trouvé le moyen de lui donner la force et la santé...

— Et je le prouve.

La conversation devint alors si intime, qu'il eût été impossible à l'ouïe la plus fine d'en saisir un seul mot; seulement, par intervalle, Aloysius laissait échapper un geste d'étonnement, ou hochait la tête en signe de doute.

Alors Truphêmus devenait plus pressant; il parlait, parlait. Aloysius redevenait immobile et écoutait avec attention. Tout à coup il s'écria:

— Admirable! sublime! Docteur Truphêmus, vous avez du génie!

V

Le lendemain matin, un mouvement inaccoutumé se produisit dans Quiet-House. Il fallait évidemment qu'un grand événement se fût accompli ou fût à la veille de se réaliser. Dès l'aube, la porte s'ouvrit et les deux savants sortirent.

Dame Tibby et l'enfant les reconduisirent sur le seuil de la porte: il était clair qu'il y avait eu réconciliation, car la mère avait l'air presque joyeux. Quant à Netty, toujours indifférente, elle regardait la route et les lueurs du soleil.

— Vous voyez bien, chère femme, disait Aloysius, que la science a toujours des secrets en réserve pour ses fervents serviteurs.

— Dieu vous entende! murmura dame Tibby.

Aloysius et Truphêmus ne s'arrêtèrent pas à Hoboken; là, ils louèrent une voiture et roulèrent droit vers la grande route. On les vit passer Jersey City, Harlem, Yorkville, longer le Parc, et, fait plus remarquable encore, s'engager dans Broadway. Ils allaient, ils allaient toujours. Arrivés à Union square, ils regardèrent autour d'eux. Ils semblaient aussi dépaysés que s'ils avaient habité une des extrémités de la terre. Mais leurs yeux rencontrèrent l'enseigne d'une agence de constructions. C'est là qu'ils se dirigèrent.

L'industriel les écouta avec le flegme qui convient, lança de nombreux jets de salive noire en mâchant son tabac, puis il prit un crayon, dessina un plan, inscrivit des dimensions, fit ses calculs, et finalement formula son prix.

Truphêmus tira de sa poche un lingot d'or. Le marchand le regarda, le pesa, l'essaya et signa un reçu, qu'il remit aux deux savants.

— Vous commencerez demain? dit Aloysius.

— Demain.

— Et il vous faut?...

— Huit jours.

— Bien.

Et c'est pourquoi la route qui passait devant Quiet-House s'anima par le passage d'ouvriers qui allaient et venaient; et c'est pourquoi encore, trois mois après, Franz Kerry écrivait à un de ses amis la lettre suivante:

VI

Franz Kerry, à Edwards B..., à Baltimore.

«Cher ami, tu vas enfin être satisfait. Tant de fois tu m'as raillé pour n'être pas amoureux, que j'attends par le prochain courrier tes plus vifs éloges. Que veux-tu; il fallait que l'heure sonnât, et en vain j'écoutais tomber une à une dans le passé les journées et les minutes, sans qu'aucun son vînt frapper mon oreille.

«Tu connais mon esprit: né d'une mère maladive et à qui le positivisme de mon père avait fait l'existence désespérée, j'ai sucé dès ma naissance le lait mortel de la fantaisie... Pauvre femme! je m'en souviens encore, je la voyais, tout petit que j'étais, se pencher sur mon berceau, regarder de ses grands yeux bleus mes yeux qui venaient de s'ouvrir... on eût dit qu'elle cherchait à y plonger comme dans un monde inconnu, et moi j'écartais bien larges mes paupières pour lui laisser le champ le plus large possible... puis, comme en un miroir, je voyais dans sa pupille dilatée se dessiner des mondes inconnus, irradier des rayonnements étincelants, ou bien se développer, profonds et dans une perspective infinie, des paysages s'évanouissant en des ombres lointaines; ou bien encore il me semblait que s'approchaient de moi, rapides comme si elles eussent des ailes, des formes admirables de contours et de couleurs.

«C'étaient mes premières excursions dans le pays du rêve: l'attraction commençait, attraction terrible, qui vous entraîne si loin, si loin, qu'il n'est plus de retour possible. Quand j'étais seul, je fermais les yeux et je regardais... Quoi? La nuit, la nuit dont j'éprouvais l'amour, que je recherchais, que je désirais... Dans ces ténèbres volontairement formées pour moi seul, je créais par l'imagination un monde qui m'appartenait, et dans lequel nul n'avait pénétré et ne pénétrerait jamais. Jouissance égoïste que peuvent apprécier ceux-là seuls qui ont été assez maîtres d'eux-mêmes pour la savourer lentement, consciemment.

«Je grandis. Je me trouvai lancé dans le monde extérieur. Combien il me parut mesquin en comparaison de mon univers à moi! Ce que vous appeliez le beau n'était qu'une déviation de cet idéal dont j'avais la pure notion; vos couleurs étaient criardes, vos lignes irrégulières, vos monuments grotesques. En vain, je cherchai; j'entendais quelqu'un d'entre vous parler avec éloge de tel spectacle, de tel bâtiment: aussitôt je me rendais au point indiqué: jamais je n'éprouvais d'autre sentiment qu'une profonde désillusion. Devais-je être plus heureux en contemplant l'homme qu'en étudiant ses oeuvres?

«Oh! que là encore la beauté me parut froide! Pas un front sur lequel resplendît la pensée de l'Infini: partout, au contraire, écrits en rides prématurées, les soucis de la vie actuelle, pratique; sur les plus jeunes visages, des préoccupations mesquines; sur les physionomies des vieillards, le regret du passé et non l'élan vers cet avenir, cependant si proche.

«Et, le dirai-je? la *matérialité* me faisait horreur. Je ne comprenais pas qu'on se condamnât à vivre dans ce milieu glacé qu'on appelle la société et qui n'est qu'un immense cimetière, quand il était si facile de se créer une existence toute d'extase et de rêverie.

«Vint l'adolescence, ce que vous appelez l'âge des passions, comme si cette fougue n'était pas au contraire un effet de la matière, tendant à dominer l'âme et à en faire son esclave. Chez moi, la lutte fut rude. J'étais plein de vigueur, mon sang bouillonnait dans mes veines, mes tempes battaient. Mais peu à peu le sentiment vrai se dégagea; ce qui parlait en moi, c'était une aspiration nouvelle vers l'idéal qui est la beauté.

«Il ne me suffisait plus de la contempler, de l'admirer: je voulais la posséder, m'identifier à elle, m'en imprégner en quelque sorte en me baignant dans ses effluves. Seulement je fis au préjugé une concession. J'admis la *relativité* dans la perfection, c'est-à-dire que j'aimai une femme. Elle était admirablement belle. Oh! sur ma foi, jamais plus splendide manifestation de la vie n'avait pu être rencontrée.

«Vous la proclamiez tous le chef-d'oeuvre des chefs-d'oeuvre, et les femmes elles-mêmes se retournaient sur son passage, s'irritant de l'hommage qu'elles étaient contraintes de lui rendre.

«Ah! je me souviens… et j'en ris encore; j'en ris, je te l'affirme. Je me souviens du débordement d'envie qui monta jusqu'à moi, lorsque la belle Thémia me choisit entre tous ses adorateurs. Pauvre femme! elle m'aimait… j'en ai la conviction. Quand je lui parlais, elle s'efforçait de me comprendre et fixait sur moi ses grands yeux de velours comme si elle eût voulu lire dans ma pensée… Pauvre!… pauvre!… elle était belle comme votre marbre, comme votre diamant, marbre dont la plus belle pierre est striée, diamant qui reflète la lumière, et ne saurait de lui-même tirer un seul rayon!… Un jour, je partis en la maudissant et ne la revis plus.

«Alors je voyageai: il me semblait que la nature, avec ses dimensions surhumaines, serait enfin à la taille de mes créations imaginaires. Certes, je ne suis pas un profane, et je défends à tous de me refuser l'intelligence du beau: je comprends *aussi bien que qui que ce soit* les jouissances qu'un esprit, circonscrit dans ses aspirations, peut ressentir, notamment en présence de l'Océan, alors que la nuit on est seul, sur l'avant d'un navire à voiles. Le craquement des mâts est une harmonie qui rappelle la faiblesse de l'oeuvre humaine en face de ce coin de l'oeuvre créatrice... Il y a dans le souffle qui passe comme une expiration du Tout immense, l'horizon est si éloigné que l'oeil peut à peine noter ses contours... Mais plus loin! mais plus loin! Colomb marchant vers l'Amérique avait un but auquel se heurtait sa pensée; il pouvait être satisfait!... Mais pour celui qui a la conscience de l'infini, où est le but?

«Le *non-fini* s'étend au delà de la conception, qui n'est elle-même qu'un relais, un temps de repos... la pensée n'étant qu'une émanation du cerveau, organe imparfait, puisque au-dessus, au delà de toute chose créée, il y a la chose, la force créatrice, la pensée donc procède de l'infirmité de son producteur. Qui sait ce que rêve la pierre lancée en avant par la fronde! Elle se sent gravir les échelles de l'air, elle aspire aux espaces immesurés... mais la force de la fronde étant x, la force *en avant* de la pierre sera x. En un moment, elle retombe. La pensée, elle, s'accroche de par sa puissance spéciale au point qu'elle a atteint, et de là, fatigue réparée, elle s'élance vers des limites nouvelles... Oh! la pensée! seule joie de l'homme, seule force, seule puissance, essence réelle de l'humanité!... qui traverse d'un seul bond vos mondes grotesques, et n'y trouvant même pas un point d'appui, se demande: Où? Comment? Pourquoi?

«Non, jamais tu ne connaîtras cette torture. Tu es raisonnable, toi, tu t'occupes de tes affaires. Je t'aime! je ne saurais dire pourquoi. Toi seul me rattaches—ou mieux me rattachais—à l'humanité. Tu as une bonne nature, tu es franc, tu es loyal. Il y a aussi des profondeurs dans l'honnêteté; la bonté tient de l'infini: tu me consolais de l'étroitesse des autres coeurs.

«Lorsque je revins, ayant visité ce que les hommes avaient visité avant moi, ayant en outre, et par orgueil, gravi des pics réputés inaccessibles, contemplé des sites sur lesquels nul oeil humain ne s'était reposé, je consultai mon coeur: il était vide; nulle joie n'était venue satisfaire cette faculté d'expansion qui entraînait tout mon être.

«C'est alors que je te fis part de mon projet. Je me trouvais entre deux alternatives: la mort ou l'étude. La mort! Pourquoi ce mot me faisait-il peur? pourquoi éprouvais-je en le prononçant une sensation semblable à un froid glacial? Pourquoi la désagrégation de moi-même me paraissait-elle effrayante?... Oh! si j'eusse été sûr du moins que, dégagée des fibres matérielles qui l'enlacent comme un réseau d'acier, ma pensée aurait pu, libre, s'élancer vers l'immatérialité, plonger à jamais dans les vagues sans cesse renaissantes de l'infini... Mais où était la preuve de cette possibilité?

«Avant tout, je voulus voir, savoir, pressentir cet avenir avant de m'y élancer, comme ferait le plongeur qui sonderait la mer avant de s'y jeter... Et puis ces facultés, dont je constatais l'existence en moi, ne pouvaient-elles pas par leur exercice me procurer les jouissances cherchées? l'instinct qui me guidait n'était-il pas la preuve que cet instinct même pouvait être assouvi?... L'homme qui ressentirait pour la première fois les attaques de la faim ne trouverait-il pas dans cette appétence même la preuve de l'existence des aliments? Alors il marcherait pour chercher ce qui ne vient pas à lui?

«Je résolus de me livrer à des études nouvelles; et tu le sais, ami, muni de tous les instruments nécessaires, fort de mon ardeur et de ma volonté, je m'exilai volontairement de la ville pour m'installer sur la petite colline qui est au nord d'Hoboken... Là, depuis plusieurs mois, loin du monde, je ne regarde plus la terre; mais sans cesse mes regards, tournés vers le ciel, interrogent cet espace immense dont les limites sont imperceptibles... Ah! cher, cher, si tu savais quel enivrement splendide envahit tout mon être pendant ces longues contemplations! le tourbillonnement de l'infini se répercute dans mon cerveau...

«Qui donc a parlé d'opium, de hatchich, de toutes ces drogues empoisonnées qui surexcitent le cerveau pour lui donner une jouissance fiévreuse et dont il n'a même pas la conscience nette! Moi, calme, froid, je regarde le ciel... Alors, l'hypnotisme de la profondeur sidérale s'impose à mes organes, et, dans une sorte d'immobilité cataleptique, je perçois des splendeurs innommées... Mes sens se décuplent... je vois dans ces éternités la vie des mondes qui se meut et se perpétue. Et quels mouvements! les vastes cascades de lumière, tournant sur elles-mêmes, tombant et remontant sur un cercle sans limites: les écroulements de l'éther effleurant les masses sidérales, et parfois, épouvantement de ma faiblesse en face de cette force! les anéantissant comme une balle de papier dans le fourneau d'un fondeur!

«Alors je retombe, brisé, écrasé; l'ivresse est trop violente, les ressorts de mon être ont plié sous cette pression du splendide! et la nature reprenant son empire, je m'évanouis.

«C'est pendant une de ces crises, il y a quelques jours, que se produisit le fait qui devait avoir sur mon existence une influence décisive.

«C'était dans une après-midi. Le ciel était pur; seulement, quelques vapeurs nageaient dans l'air où la lumière semblait se noyer, comme dans un lac transparent. Je regardais, et bientôt se présentèrent pour moi les splendeurs cherchées.

«L'horizon me parut un immense anneau irisé, au milieu duquel, et par couches parallèles, se mouvaient des cercles concentriques formant des ondes lumineuses et changeantes, admirablement teintées. Ces ondes se multipliaient, et toujours l'espace laissé libre par les circonférences diminuait d'étendue. Au point central resplendissait un faisceau rayonnant... Tout à coup, au foyer même de cette éblouissante symphonie de lumière, parut un être... Je ne puis le décrire, les mots me manquent. C'était la synthèse de toutes les beautés, l'éclosion de toutes les grâces; c'était l'ange, c'était l'*idéale*, la pensée prenant forme, le rêve s'animant... Elle me regarda; ses yeux rencontrèrent les miens... je fus comme foudroyé!

«Naturellement, lorsque je revins à moi, ma première pensée fut que cette apparition n'avait existé que dans mon imagination... Et, d'ailleurs, où pouvait vivre semblable perfection? Je m'étais assis sur la terrasse de ma maison, la tête dans mes deux mains, laissant errer mes yeux à l'aventure... Je me reposais de ces émotions en regardant la terre, quand un étrange spectacle frappa mes regards. Croirais-tu que depuis mon séjour dans cette habitation, je n'avais pas encore examiné les environs?

«Je n'ai pas besoin d'insister pour te faire comprendre que mes yeux, exercés à la vision dès ma plus tendre enfance, sont doués d'une faculté de perception infiniment supérieure à celle que possèdent les yeux des autres hommes...

«Ce que j'apercevais distinctement, ce qui me frappait d'étonnement, était, à la distance de quatre milles environ, une sorte de palais de verre, de la dimension d'un kiosque oriental; pas une parcelle de fer ni de bois ne s'apercevait. Chose curieuse, les plaques de verre sur lesquelles le soleil jetait ses rayons étincelants étaient, sans exception, de couleur violette, mais de ce violet qu'on ne trouve que dans le cristal nommé iolite.

«Le kiosque se trouvait au milieu d'un jardin dont, sans exception, les arbres, les branches et les feuilles elles-mêmes, présentaient cette même couleur; la terre, le sol, étaient violets.

«Une porte s'ouvrit... et une jeune fille parut, vêtue de longs vêtements violets: ces vêtements étaient formés d'une gaze laissant circuler la lumière autour du corps le plus admirable que jamais sculpteur ait pu rêver. Ces formes divines n'empruntaient rien de leur perfection à l'humanité: c'était comme un moulage de vapeurs condensées, tant cette beauté était suave et pure; un voile de même étoffe et de même couleur ombrageait le visage, dont les lignes étaient idéalement ravissantes... Je poussai un cri!...

«C'était elle, c'était celle qui, quelques minutes auparavant, m'était apparue toute rayonnante de splendeur et d'immatérialité, au milieu du ciel étincelant... C'était elle. Ah! je compris alors que c'était l'Amour. Je compris cette envahissante sensation qui s'empare de toutes les forces de l'être, les secoue et les avive... Elle! Pour la première fois je pouvais prononcer ce mot avec un indicible tressaillement, alors qu'il se répercutait comme un écho dans toutes les fibres de mon corps... Cette femme, cet enfant (car je ne savais rien... sur mon honneur! le détail m'échappait), c'était ma pensée à moi, c'était mon infini... c'était ma vie... Enfin j'existais, je sentais, j'aimais! Elle! Elle!

«Puisque tu veux bien t'intéresser à ce qui me touche, je te tiendrai au courant de ce qui va se passer... Jusqu'ici, je n'ai pu arriver jusqu'à elle, mais je ne désespère pas d'y parvenir. Désespérer, quand toute ma vitalité est concentrée dans cette volonté! quand elle m'attend, comme je l'attends, quand elle m'appelle, comme je l'appelle!

«À bientôt, ami, à bientôt!»

VII

Maître Aloysius et maître Truphêmus sont dans leur laboratoire, c'est-à-dire dans la cave. Mais les fourneaux sont éteints, les cornues semblent mélancoliques, les alambics ont un air contrit.

Mais moins contrits et moins mélancoliques que ces objets inertes sont les deux êtres animés qui se saluent mutuellement du nom de docteur.

Ils sont assis, l'un en face de l'autre. La maigreur d'Aloysius est plus cadavérique que jamais; Truphêmus s'est arrondi. Leurs bras pendent dans une attitude de découragement: ils se regardent et semblent hésiter à parler.

— Dame! fait enfin Truphêmus.

— Parbleu! répondit Aloysius.

— Cela devait être...

— Évidemment.

— Les forces humaines ont leurs limites...

— Elles ont leurs limites...

— Ceci est indiscutable...

— Indiscutable...

— Certain...

— Sûr...

Puis le silence se rétablit. Aloysius est appesanti, Truphêmus est accablé.

— Pourtant!...

— Cependant... insiste Aloysius.

— La théorie est juste...

— Indiscutable...

— Indiscutable...

— Certaine...

—Sûre

Nouveau silence.

Truphêmus reconquiert le premier son sang-froid: il ramène ses deux mains sur son ventre, qu'il tapote:

—Là! là! fait-il, ne nous laissons pas abattre... et surtout ne perdons jamais de vue la méthode; si vous le permettez, mon savant compagnon, nous allons étudier logiquement toutes les faces du problème.

—Faites, dit Aloysius, dont l'indifférence semble acquise par avance au raisonnement de son associé.

Celui-ci ne se laisse pas facilement troubler: c'est l'orateur de ce duo.

—Donc, reprenons un à un les chaînons de nos déductions, et voyons si d'aventure nous n'avons pas péché en quelque point essentiel. Primo, ceci était acquis: votre fille Netty semblait dépérir, quoique nous l'eussions mise à double dose d'azote et d'albumine. Ceci est-il vrai?

—Vrai! répondit Aloysius, qui ne peut se refuser à cette première concession.

—L'enfant était chétive, ses membres ne se développaient pas suffisamment, et j'ai parfois souvenance de la colère que dame Tibby...

—Dieu veuille avoir son âme! murmura Aloysius: ce qui nous apprend incidemment la mort de la mère de Netty.

La malheureuse avait succombé à une anémie mortelle.

—Dieu veuille avoir son âme! répéta Truphêmus. Je disais donc...

Et il chercha un instant dans sa mémoire. Cette invocation inopportune à la Divinité avait fait obstacle à la certitude de son argumentation.

—Ah! je disais que le nouveau problème était celui-ci: faire marcher de pair le développement du corps avec sa nutrition... C'est ce que j'eus l'honneur de vous exposer, un soir, s'il vous en souvient, qu'après un repas succulent, nous nous étions enfermés dans notre laboratoire... Or, et c'est ici que je revendique, s'il m'est permis de le faire, une certaine originalité d'invention, j'attirai votre attention sur un phénomène que l'expérience nous avait démontré... il est de règle, en fait de science, qu'on ne peut procéder que du connu à l'inconnu... Quel était le connu? Voici: une plante, un être végétal soumis à l'action de la lumière violette, croît avec une rapidité infiniment plus grande que le même végétal soumis à l'action des rayons blancs. Le fait est-il acquis, oui ou non?

À cette mise en demeure si péremptoire, Aloysius répondit par une inclination de tête, le *nutus* des anciens. Ce qui suffit d'ailleurs au positif Truphêmus, qui reprit avec une nouvelle ardeur:

—Bon! quel était alors l'inconnu? L'X à découvrir ou à vérifier? Car, d'ores et déjà, l'analogie parlait. Voici quel était l'inconnu: Le même phénomène se produirait-il, s'il s'agissait non plus d'êtres placés au second échelon de la nature, mais d'être mobiles, munis des organes de la locomotion; en un mot, lorsqu'il s'agirait des animaux... lorsqu'il s'agirait de l'homme? Quand je vous ai communiqué cette pensée, que je n'hésiterai pas, malgré toute ma modestie, à qualifier de trait de génie, votre intelligence supérieure a été aussitôt frappée de tout ce qu'elle présentait d'ingénieux et surtout de l'immense horizon qu'elle ouvrait à la science. Fûtes-vous frappé, oui ou non?

—Je fus frappé, dit Aloysius docile.

—Or, l'occasion se présentait justement de faire immédiatement une expérience concluante. Je me rappelle encore mes paroles: «Maître, vous ai-je dit, le savant n'a rien qui lui appartienne en propre; le chercheur n'est ni propriétaire, ni possesseur, ni père. Votre fille Netty est rachitique, malingre, petiote. Tentons sur elle l'expérience qui a tant de fois réussi sur les plantes.—À quoi vous m'avez répondu par cette phrase éminemment pratique, et qui prouve que le sentiment ne perd jamais ses droits: «Une jeune fille n'est-elle pas une fleur?» Je vous fis observer que là justement gisait le problème, et d'un commun accord nous convînmes de soumettre la jeune Netty à l'action constante des rayons violets. En hommes vraiment intelligents, nous ne voulûmes pas retarder l'exécution de notre plan, et en quelques jours nous avions fait construire le pavillon violet; j'avais enduit de même couleur les arbres et modifié leur sève.

Vous-même prépariez un sable destiné à changer la teinte de la terre. Restait la question de costume: et dame Tibby, qui avait adopté notre idée avec enthousiasme...

—Dieu veuille avoir son âme!

—Dieu veuille avoir son âme! Je disais que dame Tibby confectionna de ses propres mains le vêtement qui devait couvrir l'enfant. Tout cela est indéniable, indéniable, indéniable...

—Indéniable! répéta Aloysius.

—Or, trois mois se sont passés. Pendant tout ce temps, la jeune Netty a été soumise à l'action des rayons violets; elle a vu violet, pensé violet, mangé violet... elle s'est imprégnée, imbibée de violet... et il a été clair pour nous que nos déductions ne nous avaient pas un seul instant égarés... car...

—Elle a grandi, murmura Aloysius.

—Grandi! grandi! dites qu'elle a poussé plus rapidement que le plus vivace des cryptogames; au bout de quinze jours elle avait crû d'un demi-pied; un mois plus tard elle mesurait trois pieds trois pouces... Aujourd'hui il y a temps d'arrêt, elle est à quatre pieds huit pouces, taille absolument normale pour la femme. En trois mois, d'une enfant nous avons fait une créature admirablement constituée parvenue à son entier développement. La science a vaincu la nature, elle l'a contrainte à l'obéissance, le résultat obtenu est admirable, au delà de ce que nous pouvions espérer. Cependant...

—Cependant?... fit Aloysius en secouant la tête.

—Comme rien n'est parfait en ce monde, il y a une ombre à notre parfaite satisfaction; ombre d'autant plus grave, je l'avoue, qu'elle trouble complètement certaines notions précédemment acquises...

Aloysius, qui avait écouté patiemment jusque-là, se leva si subitement, que toutes ses articulations craquèrent à la fois. On eût dit le heurt de cinquante osselets.

—Elle est idiote! s'écria-t-il en levant les yeux au plafond avec l'expression d'un profond désespoir.

Ici encore Truphêmus sut conserver son calme et reprit doucement:

—Idiote, idiote... Il s'agit peut-être de s'entendre sur l'expression, qui me paraît impropre...

—Dites stupide, niaise, bête... dites ce que vous voudrez, continua Aloysius, mais il n'en est pas moins réel que l'intelligence lui manque absolument.

—J'ai dit: «Entendons-nous.» Mais pour cela, il me paraît inutile de crier. S'il faut élever la voix, ce qui est cependant incompatible avec le calme que comporte une dissertation toute scientifique, je répondrai sur la tonalité la plus aiguë que me fournira mon larynx: «Non, non, trois fois non! elle n'est pas idiote, elle n'est ni stupide, ni niaise, ni bête!...»

—Qu'est-ce alors?

—Elle a cinq ans par l'intelligence, tandis qu'elle a vingt ans par le corps...

—Expliquez-vous. Vous me parlez hébreu!

—Rien n'est cependant plus simple, continua Truphêmus en reprenant son attitude professorale: le système nerveux céphalo-rachidien est le siège de la sensibilité et la source du mouvement volontaire; l'action de l'encéphale est indispensable à la perception des sensations et à la manifestation des volontés... Mais où nous sommes arrêtés, c'est lorsqu'il faut décider si l'appareil encéphalique est le producteur de la pensée, ou seulement le metteur en oeuvre de facultés provenant d'une source autre que le jeu du système. Quand je vous disais tout à l'heure que ce qui se produit aujourd'hui me déroute quelque peu, c'est que jusqu'ici j'étais partisan du premier de ces systèmes, c'est-à-dire de la production de la pensée par l'appareil cervical.—Dans le cas qui nous préoccupe—chez Netty—l'appareil s'est développé, mais la pensée est restée stationnaire. Avez-vous compris?

—J'ai compris... dit Aloysius. Alors que faire?

—Je n'en sais rien, reprit Truphêmus. Et vous?

—Je n'en sais rien, reprit Aloysius.

Au même instant on entendit un grand bruit au dehors, comme de nombreux morceaux de verre qui se brisent.

Les deux savants se précipitèrent hors de la maison, dans le parc.

—Où est Netty? cria Aloysius.

Le pavillon violet était construit au milieu du jardin; c'était une cage de grandes dimensions, dans laquelle on avait disposé quelques meubles indispensables, tous couverts en étoffe de même couleur.

C'est là que vivait l'enfant sur lequel les deux chimistes avaient tenté leur grave expérience. C'est de là qu'était venu le bruit. Un grand panneau de verre était brisé.

Mais où était Netty? En vain les deux hommes regardaient de tous côtés. Personne. Ils se mirent alors à faire avec précaution le tour du jardin, chacun d'un côté, se baissant pour inspecter chaque touffe de feuillage.

—La voilà! cria Truphêmus.

Et d'un taillis sous lequel elle s'était dérobée, le savant attira par la main Netty, la fille d'Aloysius.

Certes, qui l'eût vue trois mois auparavant, n'aurait pu admettre qu'il avait devant les yeux la même créature. Netty, l'enfant malingre, était devenue, sous l'influence du système Truphêmique, une grande jeune fille paraissant avoir atteint au moins l'âge de dix-huit ans. Et de fait, c'était une créature admirablement belle. C'était bien elle qu'avait aperçue le jeune rêveur du haut de son observatoire aérien, et son enthousiasme était justifiable. Son corps était un assemblage de toutes les perfections physiques; c'était la vie dans sa manifestation la plus complète et la plus régulière.

Ainsi surprise, la jeune fille se courba pour résister à l'étreinte de Truphêmus et, en vérité, on devinait qu'il lui eût suffi d'un geste brusque pour se dégager. Mais sous l'influence de la honte et de la peur, et elle se mit à pleurer en jetant des cris perçants:

—Non! non! ce n'est pas moi! ce n'est pas moi!

Aloysius accourut de ses deux jambes cliquetantes.

—Ne lui faites pas mal! cria-t-il à Truphêmus.

— Mais je ne l'ai pas touchée! répondit le gros homme en lâchant la main de la jeune fille.

Celle-ci, se sentant libre, courut aussitôt se blottir dans un coin du pavillon, s'accroupit, et élevant son coude à la hauteur de son front, continua à gémir et à protester.

— Voyons! voyons! ma petite Netty! disait Aloysius. Il ne faut pas te désoler comme cela! Eh bien! après tout, c'est un malheur... On ne te mangera pas pour cela...

Et il cajolait ses cheveux blonds du bout crochu de ses doigts osseux.

Elle leva vers lui ses grands yeux bleu d'acier.

— Tu ne me battras pas, bien vrai?

— Mais non! mais non!... Allons, viens avec moi...

La prenant par la main, Aloysius l'emmena doucement vers le parc, la regardant et songeant aux théories de Truphêmus sur le système nerveux céphalo-rachidien.

— Comment le malheur est-il arrivé?

— Je ne sais pas, papa. Je n'étais pas là... je n'ai rien vu...

— Ne mens pas! une fille de ton âge... c'est-à-dire non, une grande fille comme toi!...

Netty se reprit à pleurer de plus belle, en criant:

— Je n'ai pas menti!... ce n'est pas moi!

Rien n'était plus singulier que l'aspect de son visage quand elle prononçait ces paroles. Ces lignes, parfaites dans leur régularité, se déformaient dans les contorsions d'un désespoir plus apparent que réel. C'était la grimace de l'enfant sur le visage de la femme, quelque chose qui ressemblait au masque de la Folie.

Aloysius la contemplait avec une expression de profond découragement.

Truphêmus se rapprocha de lui et lui frappa sur l'épaule:

— Un mot! fit-il.

— Je suis à vous, murmura le docteur.

Et s'écartant un peu de la jeune fille, il s'approcha du gros Truphêmus.

— Peut-être, dit celui-ci, y aurait-il un moyen!

— Prenons garde! prenons garde! s'écria Aloysius avec une indicible expression de terreur. Nous n'avons déjà voulu que trop tenter la nature. Elle se venge, ajouta-t-il en désignant du doigt Netty, qui, étendue à terre, faisait de petits tas de sable avec ses mains.

— Est-ce bien le docteur Aloysius que j'entends? reprit Truphêmus. Est-ce là cette intelligence supérieure pour laquelle la science n'avait pas de secrets, et qui n'admettait l'insolubilité d'aucun problème? Et ne comprenez-vous pas que toute oeuvre humaine a besoin de perfectionnement? N'avons-nous rien obtenu? Ce corps n'est-il pas l'oeuvre la plus admirable que jamais la science ait produite? Je ne me dissimule pas que l'âme laisse à désirer; mais le mal est évidemment réparable. Que diriez-vous d'une opération délicate et dont l'idée vient de me frapper il n'y a qu'un instant? Il est évident que la matière cervicale qui remplit le crâne de Netty est insuffisante ou mal conformée. Voilà ce dont, à mon humble avis, il importe de s'assurer. Le moyen est facile: il suffirait de pratiquer avec un instrument tranchant une incision circulaire qui détache une partie de la boîte osseuse de votre fille...

— Vous tairez-vous, bourreau! tortionnaire! hurla Aloysius, qui, hors de lui, se jeta sur Truphêmus.

Celui-ci, effrayé, roula de quelques pas en arrière... Au même instant, on frappa violemment à la porte de la rue.

VIII

Franz Kerry à Edouard B..., à Baltimore.

«Cher ami, je ne sais si je suis fou ou si je rêve; mais, en vérité, j'éprouve des sensations nouvelles, et dont rien, jusqu'ici, dans ma vie, ne m'avait donné la plus faible perception. Est-ce donc l'amour qui s'est emparé de moi? À toi de donner un nom à cette transformation de moi-même. Une seule pensée absorbe toutes mes pensées. L'infini me paraît nul auprès de ce *fini* qui s'appelle la bien-aimée, la lumière sombre auprès de cette lumière!

«Dans ma dernière lettre, je te mandais que j'avais en vain tenté de me rapprocher de celle qui était devenue toute ma vie, toute mon espérance. Voici ce qui était arrivé. Pour la première fois, depuis mon arrivée à la colline d'Hoboken, j'étais sorti de ma Thébaïde. Et m'orientant d'après les observations faites du haut de ma terrasse, je m'étais dirigé vers les Champs-Élysées. Là, rencontrant quelques passants, je leur demandai des indications. Mais j'oubliais d'abord que je me trouvais en face de natures bornées, incapables de comprendre les sensations qui m'oppressent.

«Je parlais comme si je t'avais écrit. Nul ne comprenait. Par bonheur, je me souvins que la science me donnait un moyen sûr de déterminer exactement la situation du palais de verre. Je retournai chez moi, et à l'aide du sextant, je fis un calcul minutieux qui me fixa à quelques yards près sur la position du point vers lequel je tendais...

«Je revins alors. Mes calculs ne m'avaient pas trompé. Je reconnus les murs du parc, et la maison qui faisait face à la route. Te le dirai-je! moi qui ai la hardiesse inouïe de me lancer à âme perdue dans les abîmes de l'éther tournoyant, je me sentais, en face d'une simple porte, le plus timide et le plus faible des enfants...

«Je voulus d'abord savoir quels étaient les habitants de la maison. Je m'enquis auprès des rares voisins — voisins assez éloignés d'ailleurs — qui pouvaient me fournir quelques renseignements. Il paraît qu'en général je fus considéré comme assez mal venu. Je ne pus obtenir que des détails vagues; je crus d'abord qu'on se raillait de moi.

«La maison au sujet de laquelle je posais des questions avait dans le quartier une réputation diabolique, et il était facile de voir, à l'air de mes interlocuteurs, qu'ils auraient infiniment préféré n'avoir point à en parler.

«Il était évident qu'elle inspirait à tous une terreur indicible: quant à ses habitants, il m'était impossible d'obtenir quelque information précise. On me désignait, comme occupant seuls la propriété, deux vieillards considérés comme les démons de cet enfer inconnu, et une petite fille de deux ou trois ans. En vain je parlai à termes couverts (tant je craignais de profaner l'ange de mon rêve!) de la jeune fille que j'avais aperçue. Le plus hardi m'affirma que jamais il n'avait existé de jeune fille dans la maison, à moins, ajouta-t-il, que quelque diablesse ne fût venue se mettre de la partie...

«Ce qui restait pour moi hors de doute, c'est que sur tout ceci planait une ombre mystérieuse et je n'en devenais que plus ardent à la percer.

«Je résolus, avant de me présenter directement à Quiet House (c'est le nom de l'habitation), de tout tenter pour m'instruire par moi-même. Alors je me glissai sous les murs du parc. Quelques arbres à forme étrange laissaient leurs branches dépasser le faîte de la muraille qui, n'étant pas en bon état, offrait à l'escalade une aide facile. C'est là que je projetai d'établir mon poste d'observation.

«La première fois que mes pieds et mes mains m'aidèrent à cette pénible ascension, mon coeur battait avec une telle violence que je me crus impuissant à atteindre mon but. Mais relevant la tête, je crus revoir dans l'azur céleste la forme adorable de Celle qui m'appelait, et je redoublai d'efforts... Enfin j'atteignis le couronnement de la muraille, et je plongeai mes regards avides dans le parc...

«Je ne m'étais pas trompé... le palais de verre existait... C'était bien cette couleur violette, à la fois douce et pâle, qui luisait aux rayons du soleil... et enfin, je la vis... elle!

«Mais dans quelle attitude? J'avoue qu'à ce moment je crus n'être plus maître de ma raison, et aujourd'hui encore je me demande si ce que j'ai vu n'était pas un jeu de mon imagination. Elle était assise au pied d'un arbre, penchée en avant, de telle sorte que ses admirables cheveux blonds traînaient à terre. De ses doigts effilés, elle grattait le sable, et à mesure qu'elle avait formé un petit tas, elle le prenait à poignées et le jetait dans un seau de zinc, qui se trouvait auprès d'elle. Puis elle renversait le seau à demi-plein sur le sol, se levait, piétinait sur la terre, s'asseyait de nouveau et recommençait à faire ses tas de sable et à remplir le seau.

«Innocente occupation, mais dont l'étrangeté me frappa d'abord. Je restai là une heure, espérant qu'on s'apercevrait enfin de ma présence. Vaine illusion! Le sable allait toujours du sol au seau, pour retomber du seau sur le sol. Je la contemplais. Ah! mon ami, combien elle était plus belle encore que tout ce que j'avais rêvé! Quelle pureté de formes, quelle diaphanéité dans cet être charmant! Cependant la position dans laquelle je me trouvais ne laissait pas que d'être fort incommode. Je m'étais juché sur la plus grosse branche d'un des arbres touchant au mur, et après cette longue pause, le bois meurtrissait mes chairs, je sentais l'engourdissement s'emparer de tout mon individu, mes mains avaient peine à retenir le bois qui me servait de point d'appui... Il fallait en finir! Mais, j'avais si grand'peur de l'effrayer, cette chère et parfaite créature qui rêvait toujours en macérant sa poussière!... Je l'appelai une première fois, elle n'entendit pas. Alors, m'enhardissant, je m'écriai:

«— Ange échappé du ciel, créature adorable que l'humanité n'a pas le droit de compter parmi ses créatures imparfaites!...

«Cette fois, elle avait entendu. Elle leva la tête... Et quel visage, ami! Non, alors que je marchais, comme a dit un poète, dans mon rêve étoilé, alors que s'ouvraient à moi les perspectives éblouissantes de l'infini sidéral, non, jamais beauté plus profonde, plus enivrante ne s'imposa à mon être... J'étais ébloui, fou d'admiration et d'amour.

«C'est évidemment cet état de surexcitation qui troubla mes esprits au point de me jeter en proie à l'hallucination la plus grotesque qui se soit jamais produite... Aussi ne crois pas ce que tu vas lire. Cela n'est pas, cela ne pouvait pas être.

«*Il me sembla*... (j'insiste sur l'illusion évidente), il me sembla que, me regardant d'un air à la fois surpris et effrayé, elle contracta tout son visage dans une grimace burlesque, et que, portant sa main à son nez dans un geste vulgaire que je ne veux pas décrire, afin de ne lui pas faire injure, elle... elle me tira la langue!!!

«N'est-il pas évident que la fatigue avait oblitéré les facultés de la vision? Mais comment se peut-il faire que notre faible nature soit assez peu maîtresse d'elle-même pour se créer de semblables fantômes?... Je sentis que je faiblissais. Je fermai à demi les yeux, et je me laissai retomber de l'autre côté du mur. Puis je courus, de toute la vitesse de mes jambes, m'enfermer chez moi. J'avais peur de l'aliénation mentale, dont les doigts de fer commençaient à serrer mon cerveau. J'avais soif de repos, je voulais tomber dans un anéantissement momentané qui détendît mes nerfs... le sommeil vint. À mon réveil, j'étais sauvé...

«J'étais sauvé, j'avais repris mon calme. Et le premier effort de mon raisonnement me prouva l'insanité de ce que j'avais cru voir... Elle, grimacer! Autant supposer que le ciel, que les astres, que les mondes se livreraient à des contorsions d'épileptique. C'était une erreur, née dans un cerveau maladif... et je le sentis si bien, si profondément, que je me mis à deux genoux, les bras tendus vers le pavillon de verre, et que je demandai pardon à l'ange insulté.

«Puis j'ai un remords. De quel droit m'étais-je permis de jouer ce rôle d'espion? pourquoi avoir tenté de surprendre la bien-aimée? Mes intentions n'étaient-elles donc pas pures comme le ciel dont elle est une émanation visible? Je devais réparer ma faute et entrer par la porte dans cette maison où j'avais cherché à m'introduire comme un malfaiteur. Aussi, dès que la nuit eût rafraîchi mes sens, ma résolution fut prise; je m'habillai de mon mieux et me rendis à Quiet-House.

«Je frappai violemment à la porte; il me semblait que chaque coup de marteau retentît douloureusement dans mon âme.»

....

IX

—On frappe! dit Truphêmus, à peine remis de l'effroi que lui avait causé le brusque mouvement d'Aloysius.

Celui-ci ne répondit pas. Les coups redoublèrent.

—On frappe! répéta Truphêmus. Dois-je ouvrir?

—Allez au diable! s'écria Aloysius.

Truphêmus avait le caractère si bien fait, qu'il accueillit ces paroles comme un consentement. Il faut avouer encore qu'il n'était pas fâché de trouver un prétexte pour rompre un entretien si mal commencé. Le hasard le servait à point, puisque le fait d'une visite ne se produisait jamais à Quiet-House, et il avait hâte de profiter de ce hasard.

Mais il avait compté sans une circonstance toute particulière. Il y avait si longtemps que la porte n'avait été ouverte, gonds et ferrures étaient si complètement rouillés, qu'il s'évertuait en vain à tirer le battant à lui. Le visiteur frappait toujours.

— Voilà! voilà! criait Truphêmus sur une note appartenant à une octave non encore notée.

Il avait saisi à deux mains la poignée intérieure de la porte et les pieds arcboutés sur le sol, le corps en arrière, il tirait, tirait toujours, mais vainement.

Cependant Aloysius, revenu de son accès d'exaspération, entendait tout le tapage. Il lui prit fantaisie d'en connaître la cause. Du premier coup d'oeil, il devina l'embarras de Truphêmus.

— Tenez ferme! lui cria-t-il.

Et passant ses bras longs et décharnés autour du ventre de son compagnon, il tira sur Truphêmus qui tirait sur la porte.

— Poussez! cria-t-il encore au visiteur.

Le visiteur donna dans la porte un vigoureux coup de pied, le panneau s'ouvrit, les gonds tournèrent; mais ce mouvement fut si vif, que Truphêmus tomba en arrière sur Aloysius, qui fut renversé. Dans leur chute, ils entraînèrent deux énormes dames-jeannes, heureusement vides, qui se brisèrent, entraînant à leur tour tout un attirail de cornues. Ce fut un cliquetis et un bouleversement inexprimables d'hommes et de tessons de verre...

Que regardait, profondément étonné, Franz Kerry, le blond habitant de la colline d'Hoboken.

Tomber est facile. Se relever est plus compliqué, moins pour Aloysius cependant que pour son compagnon. Aloysius parvint encore à se redresser assez rapidement; mais Truphêmus, vu sa rotondité, se trouvait dans la situation de la tortue qu'un maladroit a placée sur le dos. En vain Aloysius le tirait par le bras, le dos du savant glissait et aucune saillie ne lui servait de point d'appui. Il poussait de petits cris plaintifs et désespérés.

— Attendez, dit Franz à Aloysius, je vais vous aider.

Il saisit l'autre bras, et plaça son pied contre l'un des pieds de Truphêmus. Aloysius l'imita, et tous deux, poussant un «Han!» vigoureux, parvinrent à replacer la boule sur son axe. Elle oscilla un instant, puis resta immobile. C'était fait.

Puis les trois personnages se regardèrent, sans mot dire.

Truphêmus était décidément une forte nature: il reprit le premier son sang-froid, et, s'inclinant devant le jeune homme:

— Je vous remercie, monsieur! lui dit-il; donnez-vous la peine d'entrer, je vous prie, et veuillez nous faire connaître l'objet de votre visite?

Franz rendit le salut qui lui était adressé, et suivit les deux savants.

— Je désirerais vous entretenir, dit-il, d'une affaire de la plus haute importance.

— Passons dans mon cabinet, fit Aloysius.

Chaînes et poulies grincèrent, à la grande surprise de Franz, et un instant après les trois hommes se trouvèrent dans la caisse particulière d'Aloysius.

— Parlez, monsieur! dit le savant.

— Je ne suis point de trop? demanda Truphêmus.

— Oh! reprit Aloysius en s'adressant au jeune homme, je n'ai plus de secrets pour mon compagnon.

Franz n'était pas sans éprouver quelque embarras. Ce qui le surprenait le plus, c'est que sa bien-aimée dépendît, par lien de famille ou autrement, de l'un de ces deux êtres peu séduisants.

— L'un de vous, dit-il enfin, est sans doute le père d'une charmante, d'une adorable jeune fille qui habite cette maison?

— C'est moi, dit Aloysius.

— Eh bien! monsieur, je viens, en honnête homme, vous demander la main de votre fille. Je me nomme Franz Kerry, je suis riche, ma position est indépendante, et tout le bonheur de ma vie est entre vos mains...

Il allait continuer, mais il en fut empêché par un fait bizarre. Aux premiers mots de sa demande, Truphêmus avait serré les bras et fermé les yeux, puis de petits cris stridents, ressemblant à des sifflements, avaient commencé à s'échapper de sa poitrine. Une sorte de grondement sourd avait ronronné dans la gorge d'Aloysius. Ces deux sons s'étaient mariés, dans une tonalité différente, avaient grandi... ç'avait été tout à coup une explosion... Les deux savants riaient, riaient. Le ventre de Truphêmus s'enflait et se désenflait comme une outre sur laquelle eût bondi un clown; tout le corps d'Aloysius tressautait et se heurtait en ses diverses parties comme un jeu de castagnettes multiples...

Et Franz les regardait, interdit, hébété, se demandant ce qu'il y avait de si violemment gai dans le fait d'un amant de l'infini demandant à s'unir à la plus belle création des forces naturelles...

Mais, patient, il attendit. Quelques paroles commençaient à s'échapper des lèvres haletantes des deux savants.

— En mariage! disait Aloysius.

— À son âge! répétait Truphêmus.

— Mariée!...

— Cinq ans!...

Tandis que les deux chimistes se remettaient de cet ébranlement nerveux, et que Franz se disposait à écouter les explications nécessaires, voici que tout à coup...

X

Les faits qui se passaient en bas avaient un caractère qui présentait un intérêt tout particulier.

Lorsque Truphêmus, entendant frapper à la porte, était rentré dans la maison, suivi quelques minutes après par Aloysius, Netty, qu'ils avaient laissé pleurant à chaudes larmes et criant à pleins poumons, avait immédiatement levé la tête, et, regardant à travers ses doigts écartés, s'était convaincue que l'affaire des carreaux cassés n'aurait pas de suite. Alors elle se mit à rire et à exécuter une de ces danses naïves, rudiments de l'art chorégraphique, que seuls peuvent imaginer les enfants. Puis, passant l'index de la main droite sur l'index de la main gauche, étendu dans la direction de la maison, elle manifesta par ce geste plusieurs fois répété le peu d'importance qu'elle attachait à la colère paternelle, en admettant même qu'elle existât.

Ensuite, sans doute pour donner issue à l'exaspération à laquelle elle se trouvait elle-même en proie, elle se mit à courir à travers le jardin, arrachant les fleurs, les jetant en l'air, puis les piétinant; elle revint vers le kiosque où elle déchira quelques tentures. Mais ces exercices salutaires ne paraissaient pas suffire à lui rendre le calme perdu.

Tout à coup son visage prit une indicible expression de satisfaction; son regard était à ce moment tourné vers la maison... Or, pour la première fois depuis trois mois, la porte, par un oubli qu'il faut attribuer à l'état troublé d'Aloysius, était restée ouverte...

Netty s'approcha sur la pointe des pieds et tendit le cou en avant. C'était au moment où les poulies entraînaient les savants et le jeune homme dans la caisse en question.

Certes le spectacle que la jeune fille avait sous les yeux n'avait rien de séduisant, et en la voyant s'arrêter hésitante sur le haut de l'escalier qui conduisait au fond de la cave, on eût dit une exilée d'un monde céleste, regardant curieusement l'antichambre d'un lieu infernal.

Elle écouta. Pas un bruit. Elle était seule. Certes, elle ressentait bien une certaine crainte; mais la curiosité était si forte! si souvent elle avait désiré pénétrer dans ces salles hermétiquement fermées! Bref, elle se décida... La voici, hasardant un pied, puis l'autre, toujours l'oreille au guet... Elle se trouvait enfin au laboratoire. À cet instant, Truphêmus et Aloysius commençaient à rire.

Netty regardait autour d'elle. Tous ces objets nouveaux l'embarrassaient au plus haut point. Ce n'étaient que bonbonnes, que cylindres, que matras. Les mélanges les plus bizarres remplissaient les flacons de verre. Puis l'immense fourneau sur lequel mijotaient des préparations nouvelles, mélanges, amalgames ou combinaisons encore inachevées... Elle sauta devant le tableau dont les boutons indicateurs correspondaient aux moteurs de chaînes. Elle approcha sa main, puis la recula, puis enfin toucha rapidement les divers boutons, comme elle eût fait sur le clavier d'un piano... Mais aussitôt elle recula en poussant un cri d'effroi...

Toutes les mécaniques étant mises en jeu simultanément, les chaînes grincèrent, les poulies tournèrent follement, le système des contrepoids, perdant leur équilibre, n'agissait plus, les caisses descendaient avec une rapidité vertigineuse, puis remontaient d'un vigoureux élan, comme si elles eussent acquis une force nouvelle.

Netty courait, et, comme un oiseau qui a pénétré dans une chambre par une fenêtre entr'ouverte, se heurtait à tous les coins, à tous les angles. Elle trébucha, se retint à quelque chose... C'était le moteur de la grande machine électrique. Et voilà que l'immense disque de verre se mit à glisser entre des coussins... Un torrent d'étincelles s'échappa dans l'air comme un faisceau d'étoiles, avec un crépitement toujours plus fort.

Netty est affolée. Elle veut fuir... elle veut parvenir à la porte; mais elle heurte tout sur son passage: cornues, flacons, alambics, bonbonnes se brisent... les liquides se répandent, les gaz reprennent leur liberté.

Alors les combinaisons les plus inouïes se réalisent... les éléments chimiques sont en présence... c'est la lutte des forces essentielles de la nature.

Les caisses montent et descendent toujours, secouant les malheureux, dont l'un était venu chercher le bonheur dans Quiet-House.

Aux lueurs étranges et sans cesse changeant de teintes, Netty court encore…

L'asphyxie la saisit à la gorge et la terrasse…

Puis une effroyable détonation…

Et tout s'écroule…

Ainsi périrent les habitants de la Maison Tranquille, et voici comme Franz Kerry ne trouva pas le bonheur qu'il avait rêvé.

FIN DE MAISON TRANQUILLE